Steig' aus,
wenn du kannst!

Fred Schreiber

Steig' aus, wenn du kannst!

Fondsbetrug mit Folgen

Kriminalroman

Alle Handlungen, Personen und Institutionen sind frei erfunden. Ähnlichkeiten mit lebenden oder verstorbenen Personen wären rein zufällig und nicht intendiert. Insbesondere die Vorgänge um die beschriebene Bank sind so unglaublich, dass sie einzig und alleine der Phantasie des Verfassers entsprungen sein können.

Bibliografische Information der Deutschen Bibliothek:
Die Deutsche Bibliothek verzeichnet diese Publikation in der Deutschen Nationalbibliografie; detaillierte Daten sind im Internet über <http://dnb.ddb.de> abrufbar.

© 2005 Fred Schreiber
Herstellung und Verlag: Books on Demand GmbH, Norderstedt
ISBN 3-8334-3068-0

»Dein Geld, mein Freund, ist nicht weg, es hat nur ein anderer!«
(frei nach: Baron von Rothschild)

»Follow the money!«
(Deep Throat in »All The President's Men«)

Allen Fonds-Geschädigten gewidmet

Personenregister

H.P. Keller	Der Mann im Hintergrund mit dem Geld, mit der Macht und den Verbindungen in der deutschen Hauptstadt.
Stefan Rattke	Der Mann ohne Eigenschaften, vor allem ohne übermäßige Intelligenz.
Dimitri Oschkov	Der Mann mit einer erstaunlichen kriminellen Karriere.
Michaela Haug	Die Anwältin der Immobilienfonds-Anleger mit nur kurzem Auftritt, was angesichts ihrer Karriere schade ist.
Ewald Kleinert	Der Kanzlei-Partner von Michaela Haug.
Hartmut und Sibylle Schreiner	Das Ehepaar, das nur zufällig in die Handlung verwickelt wird.
Erich Heinle	Der Rechtsanwalt aus Stuttgart engagiert sich für die Fonds-Anleger – insbesondere für eine Anlegerin aus Freiburg.
Jakob Bellinger	Der Vorstandsvorsitzender der Securis-Bank-Holding in Berlin ist ahnungslos – oder tut zumindest so.
Werner Pfister	Das Vorstandsmitglied der Securis-Bank-Holding ist für das Controlling verantwortlich. Ohne das Geschehen steuern zu können, spielt er eine entscheidende Rolle.
Elisabeth Schweizer	Die ehemalige Vorstandssekretärin von Werner Pfister, spielt als Verlobte eine noch wichtigere Rolle.

Beatrice Frei	Die Fonds-Investorin aus Freiburg, hübsch, mit italienischer Mutter und südländischem Temperament, verliebt sich hoffnungslos.
Klaus Schulzke	Der Kardiologe, ein über Berlin hinaus bekannter Spezialist und klagewilliger Fonds-Anleger.
Hendrik Sälzer	Der Fondsmanager liest selbst einfachste Sachverhalte vom Blatt ab.
Gabriele Wagenbauer	Die Richterin am Landgericht, mit viel zu großer Robe.
Lothar Renner	Der Staatsanwalt stellt an einer entscheidenden Stelle eine spekulative Verbindung her.
Diverse Kriminalkommissare	stellen viele Fragen, bekommen aber so gut wie nie Antworten.

Eins

Hinterher ist man immer schlauer. Sofern es ein Hinterher gibt. Gleichwohl, Michaela Haug hätte es besser wissen müssen. Als Anwältin allemal. Viele heikle Mandate hatte sie in ihrer langjährigen Berufstätigkeit übernommen, war schon mit allen Abgefeimtheiten des Lebens konfrontiert gewesen. Oder, wie man so schön sagt: Sie war mit allen Wassern gewaschen. Zumindest juristisch gesehen. Und deshalb hätte sie es besser wissen müssen.

Bei vielen ihrer Fälle war es nicht zimperlich zugegangen. Versteckte Drohungen, versuchte Erpressungen und ähnliche Dinge hatte sie am eigenen Leib erfahren. Selbst schuld, hätte man meinen können, denn ohne Not hatte sie Mandate übernommen, von denen wohl gesinnte Fachkollegen abgeraten hatten.

Ihre Fähigkeit aber, unter Hochdruck zu Bestform aufzulaufen, hatte ihr allseitige Achtung eingetragen. Selbst bei denen, die ihr fern standen. Vielleicht hatte sie sich deshalb unverletzlich gefühlt. Vielleicht hatte sie auch zu sehr die Spielregeln der Gesellschaft verinnerlicht, als dass sie hätte vorhersehen können, dass ihre Gegner dies nicht taten. Schließlich waren auch dies alles »ehrenwerte« Herrschaften, keine gewöhnlichen Kriminellen. Vielleicht hätte sie …, nein, nichtsdestotrotz, sie hätte es wirklich besser wissen müssen!

Was war passiert? Haug war einflussreichen Leuten in Berlin auf die Füße getreten, hatte deren Geschäfte gestört. War also mangelnde Vorsicht das Problem gewesen oder pure Geldgier, oder ihre zweifellos vorhandene Streitlust? Oder alles zusammen? Niemand aus ihrer Kanzlei wollte sich zu der Angelegenheit äußern. Intern fragten sich ihre Kollegen allerdings, woher Michaela Haug die Chuzpe genommen hatte, sich so ungeschützt gegen den Strom zu stellen.

Angefangen hatte alles im September 2004. An einem Montagnachmittag. Die Anwältin saß an ihrem Schreibtisch und blätterte in einer Akte, als der Journalist von der Berliner Rundschau genau um siebzehn Uhr dreißig hereinkam. Wenigstens pünktlich ist er, dachte sie und ging ihm mit freundlichem Lächeln zwei Schritte entgegen:

»Guten Tag, Herr Schildhorn. Schön, dass Sie zu mir kommen konnten. Bitte nehmen Sie Platz!«

Einladend deutete sie auf den Stuhl, der rechts neben ihrem Schreibtisch stand. Sie rückte behelfsmäßig einige Akten zur Seite, um dem Journalisten Platz für seine Schreibutensilien zu machen. Öffnete ihre Schreibtischschublade und zog ein ungefähr fünfzehnseitiges Papier heraus. Ohne lange Vorrede übergab sie es ihm:

»Herr Schildhorn, hier habe ich Fakten zusammengetragen, die für die Securis-Bank-Holding den größten Skandal in ihrer Geschichte bedeuten. Mehr noch: ich vermute, dass es sich dabei um den größten Bankenskandal in Deutschland handeln dürfte. Ich habe anhand von Grundbucheintragungen und Kaufverträgen nachgewiesen, wie bestimmte Leute in Berlin ihre ›unverkäuflichen‹ Schrottimmobilien über Dreiecksgeschäfte künstlich verteuerten. Wie sie dreist den Preis verdoppelten. Um sie danach in einem der vielen Immobilienfonds der Securis-Bank zu entsorgen. Kurz gesagt: Wie sie aus Schrott Geld machten! Das muss man sich auf der Zunge zergehen lassen. Eine Bank verkauft Immobilienfonds mit Hochglanzprospekten, bei denen Bruchbuden zu Nobelherbergen umgerubbelt wurden. Eine Bank entledigt sich damit ihrer risikobehafteten Kreditengagements. Eine Bank bestückt diese Fonds mit Garantien, die nicht einmal das Papier wert waren, auf dem sie standen. Und flankiert wurde das Ganze von einem sogenannten ›Schneeballsystem der Finanzierung‹!«

Wie in ihrem Beruf üblich, sprach die Anwältin größtenteils in Plädoyerform. Aussagen, die ihr wichtig waren, wiederholte sie in Abwandlung. Ausdrücke wie »eine Bank« oder »Schneeballsystem der Finanzierung« betonte sie besonders. Laut und lang gezogen. Dabei saß sie weit nach hinten gelehnt auf ihrem Schreibtischstuhl. Die Beine übereinander geschlagen. So wie Leute sitzen, die wissen was sie wert sind.

Mit halb offenem Mund überflog der Journalist die ersten Seiten des Papiers. Die Anwältin bestaunte das blütenweiße Gebiss ihres Gegenübers und dachte, dass da wohl die Zahnärzte etwas nachgeholfen haben mussten. Ganz im Gegensatz zu der eher leger gekleideten Journalistenzunft sah der junge Mann, der neben ihr am Schreibtisch saß, so aus, als hätte er den ganzen Vormittag über Zeit und Geld in den Kauf der Kleidung investiert, die er trug. Eleganter, beigefarbener Blazer und dazu eine farblich abgestimmte Hose der edelsten Sorte, sorgfältig gebügeltes, weißes Hemd, eine mattseiden glänzende, olivefarbene Krawatte und italienische Schuhe, deren Preis vermutlich im direkten Verhältnis zum Glanz ihres Leders stand.

Donnerwetter, wunderte sich die schon leicht ergraute Anwältin, dass bei der Rundschau so flotte Redakteure rumlaufen. Man müsste nochmals jung sein, dachte sie, während sie seinen dichten Blondschopf, seine dunkelgrünen Augen musterte. Schildhorn war ein schmaler Bursche mit sanften, traurigen Augen und einem freundlichen Lächeln. Auf zarte fünfundzwanzig Jahre schätzte sie ihn. Der Journalist bemerkte nichts von Haugs unverhohlener Inspektion. Er war zu sehr mit dem Dossier beschäftigt, das er mittlerweile bis zur Hälfte überflogen hatte. Der junge Mann witterte in den Unterlagen eine hochbrisante Story, eine Skandalgeschichte in gewaltiger Dimension. Obwohl er noch nicht ganz glauben konnte, was er da in Händen hielt. Auf was er durch mehr oder weniger großen Zufall gestoßen war. Lapidar hatte ihn sein Redaktionsleiter am Morgen gebeten, heute um siebzehn Uhr dreißig zur Rechtsanwältin Haug zu gehen. Mit geheimnisvollem Blick meinte er, dass die »Frau Anwältin« was über die Securis-Bank hätte und die Rundschau exclusiv in ihre Öffentlichkeitsarbeit einspannen wolle.

Erregung arbeitete jetzt in Schildhorns Gesicht. Im Geiste formulierte er den Aufmacher dieser Topinformationen. Er sah sich schon als den hochgelobten Journalisten der Hauptstadt. Als diejenige »Spürnase«, die die Hintergründe eines ungeheuerlichen Bankenskandals rund um das Berliner Geldhaus aufdecken wird. Ähnlich wie Bob Woodward von der Washington Post, der in den Siebzigern die Watergate-Affäre um den US-Präsidenten Richard Nixon enthüllt und zu dessen Rücktritt beigetragen hatte. Ob das unsere Landesregierung überleben wird, spekulierte der Journalist frohen Muts. Zumindest den Bankvorständen dürfte dieses Material den Kopf kosten!

Schildhorns Eingeweide rumorten. Innerlich bebte er. Nervös fuhr er sich durchs Haar und beugte sich, auf den Ellenbogen gestützt, leicht nach vorne, während er das Papier hastig bis zum Ende durchblätterte, begierig nach Schlagworten suchte.

Stickig war es in Haugs Zimmer. Immerhin hatte es Anfang September noch zweiundzwanzig Grad im Schatten, und die Anwältin zündete sich seit seiner Ankunft vor ungefähr zwanzig Minuten schon die dritte Zigarette an. Zum Schneiden dick war die Luft, wie in einer Räucherstube. Schildhorn ekelte sich vor verrauchten Räumen, seit er vor zwei Jahren mit dem Rauchen aufgehört hatte. Unwohl fühlte er sich, beengt. Um ihn herum Regale, die unter der Last der vielen Bücher jeden Augenblick zusammenzubrechen drohten. Und überall im Zimmer lagen Sachen herum, keine Akten, aber Teile der Einrichtung: Leisten, Schubfächer, ein Anrufbeantworter mit losem Kabel, Gläser. Schildhorn fragte sich, wie man in so einem Durcheinander nur einen geordneten Gedanken fassen konnte!

Wer immer die Kanzlei eingerichtet hatte, fürchtete sich wohl vor Farbe und Helligkeit. Zwielichtig und eng wirkte Haugs Zimmer, was aber auch an den schweren Stores vor den Fenstern liegen mochte.

Am liebsten hätte er gefragt, ob er ein Fenster aufmachen durfte. Aber das ging natürlich nicht. Er konnte nicht riskieren, sie vor den Kopf zu stoßen. Er wollte Informationen von ihr und da musste sein persönliches Befinden zurückstehen.

Erneut fuhr er sich durchs Haar, holte hörbar Luft, schaute sie an bevor er fragte:

»Frau Haug, noch nicht ganz verstanden habe ich, wie das von Ihnen erwähnte ›Schneeballsystem der Finanzierung‹ funktioniert?« Schrill und nervös klang seine Stimme.

Die Anwältin war überrascht, wie wenig professionelle Souveränität sie aus der Frage heraushörte und fragte sich, ob sie ihr da den Richtigen geschickt hatten? Sie ließ sich aber von seiner naiven Aufrichtigkeit besänftigen und sagte geduldig:

»Herr Schildhorn, stellen Sie sich das in etwa so vor: Als sich in den ersten Fonds Verluste ansammelten, wurden die nicht abgetragen, wie sich das für ›ordentliche Kaufleute‹ gehört hätte. Nein, die Fondsinitiatoren traten vielmehr die Flucht nach vorne an. Sie gaben jetzt erst richtig Gas. Sie legten neue und immer größere Fonds auf, deckten mit frischem Kapital alte Schulden! Eine Finanzierungsmethode mit nicht kalkulierbaren Risiken, aber fast schon kalkulierbarem Ende!«

Eifrig schrieb er ihre Statements mit. Wort für Wort, in unleserlicher Kraxelschrift. Und nickte ihr immer wieder zu, wenn er das Gehörte zu Papier gebracht hatte.

Das alles offen zu legen, war schon mehr als sich die einflussreichen Leute in Berlin normalerweise gefallen ließen. Der sprichwörtliche Tropfen, der das Fass zum Überlaufen brachte, war, dass die streitbare Anwältin auch noch beabsichtigte, für ihre mittlerweile zweitausend Fonds-Mandanten Schadensersatzklagen bei Gericht einzureichen.

»Ich will diese Machenschaften, die meine Mandanten sehr viel Geld gekostet haben, vor Gericht überprüfen lassen. Ich will Schadensersatzansprüche aus Prospekthaftung geltend machen. Und ich will, lassen Sie es mich mal ganz bescheiden formulieren, ein wenig Licht in die dunklen Geschäfte bestimmter Kreise in Berlin bringen!«

Das klang für ihre Verhältnisse ungewöhnlich zurückhaltend.

»Frau Haug«, fragte Klaus Schildhorn jetzt etwas forscher, »was macht Sie denn so sicher in der Sache?«

Sie legte ihre Hände flach auf den Tisch, eine auf den Rücken der anderen, und lächelte so abgebrüht wie ein Spieler, der gerade beim Pokern gewonnen hatte.

»Die Beweislage ist eindeutig. Worüber sollte ich mir auch Sorgen machen. Dass ich diesen Fall etwa verlieren könnte?«

Sie ließ ein mildes Lächeln hinterher flattern, aber nicht, weil sie höflich sein wollte oder weil sie den jungen Mann überzeugen wollte, sondern einfach, weil es für sie selbstverständlich war, als Anwältin erfolgreich zu sein.

»Sie werden sehen, ich habe noch viele Trümpfe im Ärmel. Mir gefällt das. Ich streite mich gern mit den Mächtigen aus Wirtschaft und Politik. Wunderbare Fälle«, sagte sie dem jungen Mann von der Rundschau. Jetzt war sie ganz die Anwältin, die einem das Gefühl geben konnte, dass sie alles im Griff hatte.

Haugs Streitlust, insbesondere gegenüber Autoritäten, war bekannt. Und groß. So groß, dass sie dafür sogar erhebliche Nachteile hatte in Kauf nehmen müssen. Schon in der Schule zum Beispiel. Dort war sie mit Lehrern aneinander geraten und hatte prompt die neunte Klasse wiederholen müssen. Ihre Lust zu streiten war es auch, die sie nach dem Abitur auf direktem Weg in die juristische Fakultät führte. Ihre Streitlust war die einer Aufsteigerin,

15

die nur sich selbst und ihren Leistungen verdankte, was sie konnte, was sie hatte, was sie war. Sie verspürte auch wenig Neigung zu jener Demut, die die Gesellschaft häufig von Aufsteigern als Preis für deren Aufstieg verlangt.

»Bei den Securis-Fonds setze ich aber eher auf einen außergerichtlichen Vergleich als auf ein Gerichtsverfahren mit Schuldspruch. Der Prospektbetrug ist von den Wirtschaftsprüfern nachgewiesen. Deshalb scheint mir ein Vergleich für alle Beteiligten am günstigsten zu sein. Bei sechs Milliarden Euro würde ich sofort einschlagen«, sagte Haug zu Schildhorn und schaffte es mit einem Anflug von Lächeln, selbst diese unvorstellbare Summe – sie galt als angenommener Gesamtschaden der Fonds – als eine Kulanz ihrerseits erscheinen zu lassen. Eine Lady bat zur Kasse.

Zwei

Der Entschluss, der Anwältin einen Denkzettel zu verpassen, war schnell gefasst. Und ohne Rücksicht auf Verluste. Dass ihr damit Recht geschehe und sie nur Ärger bei den Immobilienfonds mache, das war die einhellige Überzeugung der Beteiligten. Nur drei Leute wussten davon.

Der Initiator des Denkzettels war ein Mann mit viel Geld, Macht und politischem Einfluss in der deutschen Hauptstadt. H.P. Keller. Von vielen nur mit den Initialen seines Vornamens, Hans-Peter, tituliert. Ein Strippenzieher, wie man in Berlin sagt. In der Öffentlichkeit war er kaum zu sehen. Er agierte bevorzugt aus der Deckung heraus – als der große Unbekannte im Hintergrund. Wer ihn dennoch zu Gesicht bekam, sah eine gepflegte Gestalt im Alter von neunundfünfzig Jahren, mit vollem, grau meliertem Haar. Seine stahlblauen Augen signalisierten nichts als Härte, Berechnung und Arroganz. Drei Eigenschaften, die für wirtschaftlichen Erfolg unabdingbar sind. Zumindest in unserer Gesellschaft. Ein typischer Vertreter der Oberschicht, der sein ganzes Leben auf der so genannten Gewinnerseite zu Hause gewesen war. Sein aufrechter Gang, der gelegentlich etwas steif wirkte, und seine Größe von einem Meter siebenundachtzig machten aus ihm einen Hünen. Er fühlte sich körperlich und geistig in Topform. Manch Jüngerem haushoch überlegen. Seine latente Neigung zur Überheblichkeit wurde ihm, zumindest von den »Damen der Gesellschaft«, generös verziehen. Seine Stimme war sonor, präzise und zeugte von Selbstbewusstsein.

Auf gut dreiviertel Milliarden Euro belief sich sein geschätztes Vermögen. So richtig wusste niemand, wie viel es war. Vor allem das Finanzamt nicht. Die Beamten bekamen nur Bruchstücke von dem Vermögen zu Gesicht. Hatte der Mann im Hintergrund doch in Liechtenstein und auf Vanuatu, einem kleinen Inselstaat in der Südsee, gemeinhin als sagenumwobenes Steuerparadies bekannt, einen gehörigen Anteil seines Reichtums geparkt. Bei seinen verschachtelten Geschäftsbeteiligungen, Stiftungen und Auslandsbesitztümern durfte selbst er den genauen Überblick verloren haben.

»Wirklich reich ist nur der, der sein Geld nicht mehr zu zählen braucht«, das war einer der Lieblingssprüche der »grauen Eminenz«.

Der zweite Beteiligte war ein Wirtschaftsprüfer. Ein Mann, der ein Zimmer betreten konnte, ohne dass man es merkte. Ein Mann, den Augenzeugen bei einem Unfall in etwa so beschreiben würden: mittelgroß, mittelschlank, Haarfarbe vielleicht eher blond oder doch braun, keine besonderen Merkmale. Ein Mann ohne Eigenschaften. Stefan Rattke hieß er.

Der Konturlose wurde sehr schmallippig, wenn er zu seinem Werdegang Auskunft geben sollte. Dann verabschiedete er sich, verschwand schnell und unauffällig.

Er hatte sich in den letzten Jahren auf die Konzeption von Immobilienfonds spezialisiert. Allerdings ohne großen Elan, ohne Empathie, sozusagen als Pflichtaufgabe. Von seinem Naturell her war er ein Bürokrat. Er war jemand, bei dem man die berufstypische Indolenz, die Puffärmelchen und Scheuklappen von weitem erahnen konnte. Mit Kurzhaarscheitel und miesepetrigen Blick. In seinen Augen stand unablässig irgendein Vorbehalt. Als ob er sich von Gott und der Welt benachteiligt fühlte. Für ihn, das hatte er über die Jahre seines Berufslebens schmerzvoll erfahren müssen, gab es nur Plackerei. Tag für Tag. War nicht er es, fragte sich der Wirtschaftsprüfer, der die Immobilienfonds konzipiert hatte? Dreiundvierzig Stück insgesamt. Und war es nicht der Mann im Hintergrund, der die Millionen dafür kassierte und ihn mit einem mickrigen 65-Mille-Gehalt nach Hause schickte? Nichts als Krümel, während für die »graue Eminenz« der große Kuchen reserviert war. Miesepetrig wie er nun mal war, hatte er schon mehr als einmal die rund acht Millionen Euro, die jede Fondskonzeption einbrachte, mit der Stückzahl multipliziert. Wenn er dann das Ergebnis auf dem Display seines Taschenrechners aufleuchten sah, bestätigte sich sein Vorbehalt erneut, dass er auf der Verliererseite des Lebens zu Hause war.

Und wenn er schon einmal geglaubt hatte, seine Chance hätte an die Tür geklopft und er bräuchte nur noch aufzumachen. Und zuzugreifen. Dann waren es entweder Hirngespinste oder krumme Dinger, deren Konsequenzen er bis heute ausbaden musste. Die anderen, ja, die hatten mehr Glück als er. »Amerika, du hast es besser«, das war ein tiefverwurzeltes Grundgefühl von ihm.

Aus seinem mausgrauen Anzug kam dieser fahl wirkende Mann selten heraus. Selbst zu Hause nicht in seinem Single-Appartement am Berliner Lietzensee in Charlottenburg. Dort sahen ihn seine Nachbarn täglich in dieser scheußlichen Montur. Schlottrig hing sie an seinem verkrampft wirkenden Körper, dem etwas Fitness-Training sicherlich gut getan hätte. Seine Krawatte band er althergebracht. Mit doppeltem Windsor-Knoten. Aber so nachlässig, dass sie ständig verrutschte und man erkennen konnte, dass der oberste Kragenknopf an den meisten seiner Hemden fehlte.

Das Management der Immobilien-Fonds hatte ihm der Strippenzieher auf die Nase gedrückt. Und da er von ihm abhängig war, musste er tun, was ihm aufgetragen wurde. Ob er wollte oder nicht. Besonders wenig behagten ihm die Gesellschafterversammlungen der Fonds. Die jährlichen Zusammenkünfte der Anleger. Dort musste er die Interessen der Fondsinitiatoren vertreten. Das war nicht immer einfach. An allem und jedem mäkelten die Geldgeber herum. Beklagten sich über nicht eingehaltene Verträge, die »saumäßige« Geschäftsführung und vieles andere mehr. Und es kam sogar vor, dass er als »Unbeteiligter« kräftig beschimpft, mitunter sogar beleidigt wurde. Dann verstand er die Welt nicht mehr. Wiederum, so schien es ihm, hatte das Schicksal ihn auserkoren, den Buhmann spielen zu müssen. Bei so einer miesen Motivation konnte niemand erwarten, dass er seinen Job gut machen würde.

Auf die Chance seines Lebens lauerte der mittlerweile neununddreißigjährige Rattke wie ein Süchtiger auf den nächsten Schuss. Zugleich befürchtete er aber auch, dass er die Gunst des Augenblicks gar nicht erkennen würde. Oder dass er nicht rasch genug zupacken würde. Deshalb war es nicht verwunderlich, dass Rattke die erstbeste Gelegenheit am Schopfe gepackt hatte. Wenigstens versucht hatte er es also. Dass er dabei maßlos gewesen war, gestand er sich selbst nicht ein. Zumal er in einem Umfeld arbeitete, wo es gang und gäbe war, dass sich jeder maßlos bereicherte. Mehr oder weniger rechtmäßig.

Sein »kleines Missgeschick«, wie Rattke seinen idiotischen Fehltritt bezeichnete, brachte ihn in Abhängigkeit zu dem Mann im Hintergrund. Zusammen mit einem der Fondsgeschäftsführer hatte er vor sechs Jahren Fondsgelder veruntreut. Kurzerhand von einem Bankkonto fünf Millionen Euro abgeräumt und sie als Vorschuss für zukünftige Beratungsleistungen deklariert. Hätte er sich nur eine halbe oder eine Million Euro genehmigt, dann wären seine Chancen gut gewesen, nicht erwischt zu werden. In dem Durcheinander der Fondsbuchführung wäre das wahrscheinlich nicht aufgefallen. Er wollte aber das große Geld und hatte dabei nur kleinen Verstand bewiesen. Seine Gier war ihm dazwischen gekommen.

Nur durch geschicktes Taktieren des Mannes im Hintergrund war er nicht hinter Gittern gelandet. Jetzt war er ihm für alle Ewigkeit zu Dank verpflichtet.

Der Dritte im Bunde kannte wiederum nur den Wirtschaftsprüfer. Er hatte ihn bei einem Auftrag für eine Berliner Gerüstbaufirma, die übrigens auch H.P. Keller gehört, eher zufällig kennen gelernt. Er war ein junger Mann ausländischer Herkunft. Ziemlich finster aussehend, der beständig in einer abgetragenen Cordjacke, verwaschenen Jeans und Schuhen mit Löchern herumlief. Sein schwarzes Haar stand speckig auf dem Kragen seiner Cordjacke. Seine buschigen Wimpern erzeugten einen etwas gespenstischen, Angst einflößenden Blick.

Tiefe Augenhöhlen verstärkten diesen Eindruck. Wenn er mit jemanden sprach, rieb er sich ohne Unterlass an seiner breiten Boxernase. Sein Name war Dimitri Oschkov. Für sein Alter von gerade mal dreiundzwanzig Jahren hatte er eine erstaunliche kriminelle Karriere vorzuweisen. Ein Richter charakterisierte ihn in einem Strafverfahren als »skrupellos und ohne Schranken beim Einsatz von Gewalt gegen Mitmenschen«.

Keller, die »graue Eminenz«, vermochte es seit Jahr und Tag, durch Gefälligkeiten zuerst kleine und dann immer größer werdende Abhängigkeiten zu schaffen. Er machte Geschäfte vorrangig mit Abhängigen. Seien sie aus der Wirtschaft, der Politik oder dem Milieu. Alle waren durch berufliche Vorteilsnahmen, durch mehr oder weniger große Spenden, durch die Protektion eines beinahe allmächtigen Netzwerkes, dem er vorstand, abhängig geworden. Oder durch eigene »Missgeschicke«, auf Deutsch gesagt, durch Gesetzesbruch, die er in vielen Fällen durch seine Verbindungen zur Justiz heilen konnte.

Keller stand in der Hauptstadt einem straff organisierten Machtkartell vor. Mit handfestem Einfluss in Politik, Justiz und Wirtschaft. Nach seiner Pfeife tanzten nicht nur Volksvertreter und etliche Staatsbedienstete, sondern auch Unternehmer und zwielichtige Gestalten. Alle zogen Vorteile aus der Kooperation mit ihm.

Seit September 2004 schienen seine Kreise gestört, seine Geschäfte ernsthaft gefährdet. Haugs Klagen passten ihm nicht ins Konzept. Drohten seine politischen Mauscheleien, seine Verstrickungen in unsaubere Geschäfte an den Tag zu bringen.

Er bekam regelmäßig Tobsuchtsanfälle, wenn er von seinem Adjutanten die neuesten Zahlen der Klagewilligen hörte.

Für ihn gab es keinen Zweifel: Haugs Aktionen und vor allem die Klagen mussten mit allen Mitteln verhindert werden, koste es, was es wolle – Anwälte einschüchtern, auf Politiker Druck ausüben, Staatsanwälte und Richter beeinflussen, Presse manipulieren. Am Erfolgversprechendsten schien ihm, den Anwälten der Anleger zu drohen oder sie mundtot zu machen.

»Können Sie nicht über einen Privatdetektiv rauskriegen lassen, Herr Rattke, ob die Haug in irgendeiner Sache Dreck am Stecken hat? Lassen Sie mal prüfen, ob sich da nicht was machen lässt …«

Sein Netzwerk brauchte für das reibungslose Funktionieren stetigen Erfolg. Keller konnte kein Störfeuer bei seinen Geschäften dulden. Vor allem keinen Misserfolg. Der würde ihn verletzlich machen, würde das Vertrauen in seine Macht verringern und seinen Einfluss schmälern. Das war nicht hinnehmbar.

Er verabscheute im Grunde genommen Gewalt. Im Grunde genommen.

Drei

Michaela Haug war mit ungefähr einem Meter fünf-undachtzig eine große, schlanke, aber keinesfalls magere Frau. Die runden Gläser ihrer Nickelbrille, die für ihr Gesicht viel zu klein waren, machten aus ihr eine Frau, die intellektuelle Autorität ausstrahlte. Ihre wachen Augen verliehen ihr sehr menschliche, vertrauenswürdige Züge. Ihr hellbraunes, leicht ergrautes Haar trug sie mit einem strengen Knoten, und wenn sie geschminkt war, dann so dezent, dass es nicht zu bemerken war. Flink und zäh sah sie mit ihren einundfünfzig Jahren aus und wie eine, die dem Leben auch viele fröhliche Seiten abgewinnen und trotzdem gern und viel arbeiten konnte. Nicht mehr so hart wie früher, aber manchmal doch noch fünfzig bis sechzig Stunden die Woche. Das hinterließ Spuren. Ihr rundes Gesicht war enorm blass. Wenn sie nicht so groß gewesen wäre, hätte man sie als unscheinbar bezeichnen können.

Haug war eine Self-made-Woman mit Kanten und Ecken und einem ausgeprägten Saarlandakzent. Wenn sie sprach, war es, als hörte man einer Uhr beim Ticken zu: Schön und ruhig und gleichmäßig plätscherte ein Wort in das nächste, was mit ihrem südwestdeutschen Singsang besonders flüssig gelang.

Sie vertrat Anleger von Immobilien-Fonds, die in den Neunzigerjahren von der Berliner Securis-Bank-Holding auf den Markt geworfen worden waren. Für die Anleger war sie eine Retterin in höchster Not, die ihnen ihre Er-sparnisse sichern, sie aus dem vertraglichen Schlamassel mit der Bank befreien sollte. Sie war so etwas wie ein weiblicher »weißer Ritter«. Für viele die letzte Hoffnung: Man traute ihr alles zu.

Für H.P. Keller war sie dagegen ein rotes Tuch, ein permanentes Ärgernis, geschäftsschädigend.

In einem Gespräch mit seinem Duz-Freund Jakob Bellinger, dem Vorstandsvorsitzenden der Securis-Bank-Holding, grollte Keller:

»Die Haug macht uns nur Ärger. Dass sie ihr Wissen an die Presse weitergegeben hat, finde ich gar nicht gut. Wo kommen wir denn da hin, wenn jeder so etwas täte?, erklärte Keller.

»Meinst du die weiß auch was von unserem Jungfern-Inseln-Geschäft?«, fragte Bellinger mit Sorgenfalten im Gesicht.

»Nein, ich hab' extra aufgepasst, dass in meiner Kanzlei keinerlei undichte Stellen sind!«, erwiderte er. »Du kannst uns vertrauen. Wir haben das Geschäft mehrfach rechtlich geprüft! Auch die Unternehmensberater haben es abgenickt. Da dürfte nichts schief gehen!«

Bei diesem Geschäft, so Kellers Plan, sollte der Verkauf von hoch defizitären Immobilienfonds der Bank an einen Hedge-Fonds mit bankeigenen Krediten finanziert werden, ein lupenreines In-sich-Geschäft. Fernab auf den Jungfern-Inseln sollte der Deal abgewickelt werden. Der Steuern wegen.

»Es darf nichts schief gehen, H.P.. Sonst sind wir durch diese Luftbuchung alle geliefert! Wenn die Bankenaufsicht Wind davon bekommt, dann können wir einpacken. Alle miteinander. Dann müssen wir das Geschäft rückgängig machen, in der Bilanz Riesenverluste ausweisen und Bankrott anmelden!«

Keller dachte belustigt, dass für den Fall hauptsächlich sein Gegenüber einpacken könnte, sagte aber:

»Andererseits aber auch. Die Verluste aus den Fonds sind doch immens. Die sind nicht mehr durch Umbuchungen zu verstecken. Das Jungfern-Inseln-Geschäft ist absolut notwendig, weil keine Alternative mehr bleibt. Augen zu und durch. Das ist die Devise, Jakob!«, Keller sagte dies in einem bemüht leichten Ton, von dem Bellinger fand, dass er völlig unecht klang. Er war von Kellers Optimismus keineswegs überzeugt. Da half auch Kellers kumpelhaftes Schulternklopfen nichts.

Michaela Haug hatte sich auf Wirtschaftsrecht spezialisiert. In einer überaus erfolgreichen Sozietät im Berliner Stadtteil Zehlendorf. Ihre Kanzlei bereitete gerade die zweitausend Klageschriften gegen die Securis-Bank vor. Mit einer Klagesumme von ungefähr einer halben Milliarde Euro. Das war für sie Arbeit ohne Unterlass.

Eine Prozesslawine rollte auf die Bank und auf Berlin zu, die in ihrer Dimension einmalig war. Selbst der kürzlich begonnene Mammutprozess gegen die Telekom mit seiner Einhundert-Millionen-Euro-Klagesumme verblasste dagegen. Wieder einmal hatte Berlin die Nase vorne. Die Stadt spielte auf den vorderen Plätzen in der Champions League der Wirtschaftsskandale.

Die politische Klasse hätte liebend gerne auf diese Spitzenposition verzichtet. Sie und namentlich die regierende Partei in Berlin fürchtete einen immensen Imageverlust durch die Prozesse. Und das kurz vor den Wahlen. Nicht auszudenken, wenn die ersten Gerichtsverfahren gegen die Machenschaften der Bank im Wahlkampf um das Abgeordnetenhaus beginnen würden.

Ärger war also vorprogrammiert, für alle Beteiligten: die Bankmanager, die Fonds-Initiatoren, die Berliner Politiker und die Anleger-Anwältin.

Alle betroffenen Gruppen waren im Spätsommer 2004 in nicht gekannte Betriebsamkeit verfallen. Die Bankmanager hatten tägliche Meetings mit den Fonds-Initiatoren, mit den Rechtsanwälten der Anleger. Die Politiker gingen bei der Bank, bei Keller, ein und aus. Alles versuchten sie, um die Klagen noch in letzter Minute zu stoppen. Beinahe wäre es gelungen. Wenn nur nicht diese außerhalb des »Berliner Establishment« stehende, streitbare Juristin Michaela Haug gewesen wäre. Keiner traute ihr so eine Standfestigkeit zu. H.P. Keller schon gar nicht. Er spekulierte, dass diese »Nobody« ebenso schnell in der Bedeutungslosigkeit verschwände, wie sie im Jahr 2004 aufgestiegen war. Da war er sich sicher. Schon viele solcher Shooting-Stars hatte er in Berlin kometengleich aufsteigen und ebenso schnell wieder abstürzen sehen. An den Abstürzen war er häufig nicht ganz unbeteiligt.

Am einem herbstlich wolkig-grauen Sonntagnachmittag im Oktober gegen fünfzehn Uhr fuhr Haug mit ihrem metallic blauen Audi A 8 auf der B 96 in Richtung Löwenberg. Nicht schnell, ungefähr fünfundachtzig Stundenkilometer. Der große Wagen lag ruhig auf der Straße. Die Fahrbahn war vom morgendlichen Regen noch etwas nass. Aus dem Radio plätscherte leise ein Song des legendären Duos Armstrong/Fitzgerald: »They can't take that away from me« Beschwingt sang sie den Titel-Refrain des

Liedes mit. Sie zündete sich eine Zigarette an, öffnete das Fenster einen kleinen Spalt, um ein bisschen frische Luft hereinzulassen. Haug fühlte sich gut. Sie war mit sich und der Welt zufrieden.

In der Nähe von Lindow, direkt am Gudelacksee gelegen, hatte sie sich gleich nach der Wende ein Ferienhaus gekauft. Dorthin wollte sie sich zurückziehen. Wenigstens für die nächsten drei bis vier Tage. Wollte die Klageschriften in aller Ruhe und der Geborgenheit der Brandenburgischen Mark aufsetzen. Die notwendigen technischen Hilfsmittel hatte sie in ihrem Häuschen: Ein mit Funk-ISDN verkabeltes Notebook, einen superschnellen Internetzugang und eine umfangreiche Bibliothek. Gerade mal ihre Familie und ihr langjähriger Kollege, Ewald Kleinert, kannten die dortige Telefonnummer. Mit ihm hatte sie nicht nur beruflich zu tun. Immer wieder einmal verbrachte sie mit ihm ein »Arbeitswochenende« in ihrem Häuschen, wie es hieß. Trotzdem war es auch für ihn sakrosankt, dort anzurufen. Es müsste schon »ganz Berlin in Flammen stehen«, wie Haug spöttisch meinte.

Sie freute sich auf ihre juristische Klausur inmitten der Einsamkeit, der Stille. Inmitten der Waldseen, der tiefen Mischwälder und kleinen Dörfer Brandenburgs. Den Kofferraum hatte sie mit Akten vollgestopft. Pedantisch exakt war alles geplant. Mit ihren Kollegen waren die wichtigen Termine abgestimmt.

In einer leichten Linkskurve bemerkte sie im Rückspiegel einen dunklen BMW. Er näherte sich mit hoher Geschwindigkeit. Mensch, brems' endlich, dachte sie in dem Moment, als sie einen dumpfen Knall hörte und den Aufprall spürte. An der rechten, hinteren Stoßstange hatte sie der Wagen gerammt. Ihr Fahrzeug schleuderte nach links, Richtung Straßenmitte. Kein Gegensteuern, das Haug verzweifelt versuchte, kein instinktives Bremsen, nichts konnte ihr mehr helfen. Sie prallte vorne seitlich mit einem entgegenkommenden VW Golf zusammen. Und schoss danach fast umgebremst gegen eine alte, am Straßenrand stehende Eiche. Der Audi fing sofort Feuer. Sie verbrannte angeschnallt. Ohne die geringste Chance auf Rettung. Der Tod kam so plötzlich, dass sie nichts weiter als ein kurzes Angstgefühl gespürt hatte.

Der dunkle, als gestohlen gemeldete BMW 740i mit Berliner Kennzeichen geriet ebenfalls ins Schleudern. Der Fahrer konnte den Wagen aber mit einer scharfen Bewegung nach rechts abfangen, knapp an den Bäumen vorbeiziehen und dann mit Vollgas verschwinden. Bruchteile von Sekunden und der ganze Spuk war vorbei.

In dem am Umfall beteiligten Golf saß das Ehepaar Hartmut und Sibylle Schreiner aus Berlin – Neukölln. Sie fuhren aus Gransee kommend Richtung Oranienburg. Hatten einen Besuch bei einem alten Bekannten gemacht. Sibylle Schreiner fuhr zur Unfallzeit. Ihr Mann schrie kurz vor dem Zusammenstoß: »Vorsicht, festhalten, Sibylle!« Es war zu spät, ohne die Spur einer Chance, etwas gegen den Zusammenstoß tun zu können, wurden sie in den Unfall verwickelt. Schuldlos. Sibylle Schreiner war nicht angeschnallt. Sie wurde nach dem Aufprall von Haugs Audi aus dem Wagen geschleudert. Ihr Ehemann blieb unverletzt: Die Abfolge des Unfalls lief vor seinem Auge wie in Zeitlupe ab: Schwarzer BMW und Audi kollidieren, zwei Gesichter zucken an ihm vorbei: eines im

Audi, eines im BMW. Starr im Ausdruck, wie die Köpfe auf Briefmarken, nur in ihren Konturen wahrnehmbar. Der Frauenkopf im Audi, mit fürchterlich weit aufgerissenen Augen, erstarrt vor Todesangst. Der Männerkopf im BMW, dunkel, mit starren Augen, voll Konzentration. Audi streift unseren Golf seitlich vorne, Golf schleudert nach rechts, Tür geht auf. Danach setzte sein Bewusstsein aus.

Schwerverletzt blieb Sibylle Schreiner im Straßengraben liegen, bis sie eine dreiviertel Stunde später mit dem ADAC-Hubschrauber ins Virchow-Klinikum nach Berlin geflogen wurde. In der Luft kämpfte der Notarzt um ihr Leben.

In den Berliner Abendnachrichten war Haugs Unfall der Aufmacher. In den Boulevard-Blättern des nächsten Morgens standen klotzige Überschriften:

Tragisch: Anleger-Anwältin bei Autounfall verbrannt. Fremdverschulden nicht auszuschließen!

Keller erfuhr noch am selben Abend im Fernsehen von dem Unfall. War sich aber keiner Schuld bewusst. Klammheimlich freute er sich sogar, war wieder einmal mit sich zufrieden. Jetzt war sein geplanter Denkzettel gar nicht mehr nötig, dachte er. So erledigen sich manchmal die Dinge wie von selbst. Über Einzelheiten der »Abreibung« für die Anwältin wusste er ja sowieso nichts. Wollte er auch gar nichts wissen. So etwas war nichts für ihn. Das war das Geschäft seiner Untergebenen. Doch je später der Abend, desto stärker spürte er, wie leichtes Unbehagen, eine nicht näher definierbare Unruhe in ihm aufstieg.

Er fragte sich, was passieren würde, wenn irgend so ein »Oberschnüffler« heraus bekommen sollte, dass sie etwas für die Haug geplant hatten?

Kaum hatte er diesen Gedanken zu Ende gedacht, versuchte er sich wieder zu beruhigen. Nun mal langsam, da haben wir schon ganz andere Dinger geschaukelt, sprach er sich zu, mir kann sowieso keiner was. Der Einzige, der in Schwierigkeiten kommen könnte, war der famose Wirtschaftsprüfer Rattke, der »zweite Mann«. Den hatte er aber komplett in der Hand. In dieser Nacht schlief H.P. Keller allerdings nicht so gut wie gewöhnlich. Er hatte allen Grund dazu.

Vier

Am nächsten Morgen gegen sieben Uhr zwanzig war es noch ziemlich dunkel. Nur ein blasser Schimmer am Himmel hinter der Silhouette des Fernsehturms kündigte den Tag an. Nebel stand in den Häuserschluchten von Berlins Mitte. So wie man das aus London kennt. Ungastlich und aschgrau präsentierte sich die Hauptstadt. Ein paar vereinzelte Fußgänger hasteten von der U-Bahnstation Potsdamer Platz zu ihren Büros. Zwei, drei Autofahrer suchten nach den wenigen gebührenfreien Parkplätzen, die es dort gab.

Die Leipziger Straße sah aus, wie an einem autofreien Tag. Nichts, weit und breit. Die Stadt schien in Winterschlaf gefallen zu sein. Nur Keller hatte es eilig. Sehr eilig sogar. Ecke Leipziger-/Friedrichstraße übersah er eine rote Ampel.

Zügig fuhr er mit seinem silbergrauen Porsche in die Tiefgarage seiner Arbeitsstätte. Packte hastig seine Tasche, schloss per Fernbedienung die Türen seines Wagens und eilte zum Fahrstuhl. Während sich die Aufzugstüren schlossen, beschlich ihn wieder diese dumpfe Unruhe des Vorabends.

Seine Kanzlei befand sich in einem hochherrschaftlichen Altbau aus dem Jahre 1905. Am Gendarmenmarkt. Gleich nach der Wende war das Haus renoviert und saniert worden. Sein Büro lag in einem sogenannten Türmchen-Zimmer, mit sechseckigem Grundriss, die Fenster von Norden nach Südwesten gerichtet. Sie gewährten einen herrlichen Ausblick. Wenn Keller auf der rechten Seite aus dem Fenster schaute, sah er den französischen Dom. In der Mitte den Gendarmenmarkt mit dahinter liegendem Konzerthaus. Links den Deutschen Dom.

Am hinteren Ende des ungefähr fünfundsechzig Quadratmeter großen Zimmers, vis-a-vis zur Tür, stand sein Schreibtisch aus dunklem Ebenholz; blitzblank war die große Auflagefläche gewischt. Irgendein dienstbarer Geist musste jeden Abend, nachdem er gegangen war, sein Zimmer penibel säubern. Nirgends durfte auch nur der Anschein von Staub zu vermuten sein. Er war in dieser Hinsicht äußerst penibel, wenn nicht zwanghaft. Genauso roch es auch in seinem Büro: steril-trocken, nach Reinigungsmittel und pedantischer Geschäftigkeit.

Auf seinem Schreibtisch standen außer einem Telefon und einem Ablagekasten, der so gut wie leer war, nichts, was nach Arbeit aussah. Hinter dem Schreibtisch befand sich ein fahrbarer, schwarzer Nackensessel, der in seiner Größe etwas protzig wirkte. Davor zwei noble Swinger-Stühle mit schwarzlederner Sitzfläche. Direkt an einem der Fenster standen eine englische Couchgarnitur und ein niedriger Couchtisch, dessen Herkunft nicht eindeutig definierbar war. An den Wänden hingen Hundertwasser-Reproduktionen. Täuschend echt. Viele seiner Besucher fragten: »Ach, einen Hundertwasser haben Sie?« Keller antwortete auf diese Frage nie direkt, sondern lächelte lautlos vor sich hin, was die Besucher in den meisten Fällen als stille Bescheidenheit eines stolzen Besitzers auslegten. Niemand kam auf die Idee, dass es sich nur um Reproduktionen handeln könne. Gleich neben der Tür stand eine abstrakte Plastik, ungefähr vierzig Zentimeter hoch. Sie sollte Justitia darstellen, was nicht auf den ersten Blick erkennbar war.

Als er an diesem Morgen so unverhofft hereinschneite, glaubten die Sekretärinnen und Reno-Gehilfinnen, die zusammensaßen und Kaffee tranken, ihren Augen nicht zu trauen. So früh war »Big Boss« noch nie gekommen.

»H.P. ist heute Morgen schon da. Irgendetwas muss los sein!«, ging es über den firmeninternen »Buschfunk«, von Büro zu Büro. Seine Sozietät war eigentlich mehr eine mittelständische Firma, als eine Anwaltskanzlei. Weltweit waren über zweihundert Rechtsanwälte, Notare und Wirtschaftsprüfer sowie Steuerberater zu einer so genannten »Law firm«, zu einem Netzwerk internationaler Beziehungen zusammengeschlossen.

Ihre Anwälte vertraten Mandanten aus dem Big Business, aus den obersten Etagen der Politik und der Gesellschaft.

Zu der Law firm gehörten auch Beteiligungen an Baufirmen, Speditionen, Grundstücken und Häusern, an Immobilienfirmen und Kinos. Nicht nur in Deutschland, nein, weltweit waren die Besitztümer verstreut. In Amerika hielt diese Firma über endlos verschachtelte Rechtskonstruktionen selbst an den Spielcasinos in Reno und Las Vegas Anteile. Insider spekulierten genüsslich darüber, ob es Verbindungen von Keller zur dortigen Mafia gab. Doch auch die profundesten Kenner der Berliner Filzokratie konnten dies nicht hundert Prozent bestätigen.

Den gesamten Besitz dieser Law firm zu benennen, war selbst für intime Kenner der Firma unmöglich. Es gab keine offiziellen Organigramme. Vielleicht hätte es Keller geschafft, alle größeren Bestandteile seines Imperiums aufzuzählen. Er tat es nie. Aus wohlüberlegten Gründen. Zumal es für seine Unternehmen keine Publikationspflichten gab.

»Nur vom Feinsten, und das bis zum Abwinken«, das war sein Credo bei Firmenkäufen, mit dem er in den letzten Jahrzehnten zur »grauen Eminenz«, zum heimlichen Strippenzieher in Deutschlands Hauptstadt geworden war. Seine Anwaltskanzlei am Gendarmenmarkt in Berlin gab den äußeren, sichtbaren Rahmen ab. Das war »Window dressing«. Hinter dieser Fassade, weitestgehend im Verborgenen, wickelte er die wirklichen Geschäfte ab. Die Geschäfte, die Geld brachten – auch die vielen Immobilienfonds. Die Securis-Bank-Holding diente dabei als Aushängeschild.

Als sich Kellers Firmen Anfang der Neunziger Jahre vorübergehend in Liquiditätsschwierigkeiten befunden hatten, war ihm die Idee gekommen: Die Bank soll Immobilienfonds mit umfassenden Garantien auflegen.

»Ein typisches ›Win-Win-Geschäft‹ ist das«, hatte Keller zu Bellinger gesagt. »Wir werden unsere Immobilien los und unsere Liquidität verbessert sich. Deine Bank kann ihre risikoreichen Kreditengagements vermindern und gleichzeitig noch viel Geld damit verdienen. Und risikoscheue Anleger gibt es in Deutschland mehr als genug, Jakob!«

Bellinger war im Moment, als er diesen Vorschlag gehört hatte, von der Idee nicht überzeugt gewesen. Typisch bürokratisch seine Antwort:

»Das muss ich noch mit meinen Fachabteilungen diskutieren!«

Keller hatte sich aber nicht so leicht von seiner »phantastischen« Idee abbringen lassen. Und da er zugespitzte Formulierungen liebte, hatte er erwidert:

»Sage deiner Fachabteilung aber auch den folgenden Buchungssatz, der sie überzeugen wird: ›Risikobelastete Schrottimmobilien an risikoscheue Anleger! Teufel und Weihwasser in seliger Verbindung‹!«

Geflissentlich servierte ihm die jüngste Büroangestellte, wie jeden Morgen gleich nach seinem Erscheinen, eine Tasse Kaffee, ein Glas Mineralwasser und eine Alca Selzer:

»Guten Morgen, Herr Keller!«, säuselte sie und setzte ein professionelles Lächeln auf.

»Frau Höfer«, der Befehlston von ›Big Boss‹ war nicht zu überhören, »und das gilt auch für alle anderen, heute keine Anrufe! Ich will nicht gestört werden, absolute Ruhe! Und schicken Sie mir den Rattke, sobald er erscheint, hier rein! Und falls er bis zehn Uhr nicht da ist, rufen Sie ihn auf seinem Handy an. Er soll sofort hierher kommen!«

Nervös wippte er in seinem überdimensionierten Stuhl hin und her.

»Herr Keller, der Herr Rattke ist heute bei der Gesellschafterversammlung des Immobilienfonds Nummer Eins im Ambassador!«, entgegnete Höfer zögerlich.

»Gut, dann soll er in der Mittagspause anrufen oder nein, noch besser, am Nachmittag, wenn die Versammlung zu Ende ist, gleich herkommen! Können Sie ihm das ausrichten? Ich will ihn heute auf alle Fälle noch sehen, sagen Sie ihm das!«

Sein Ton überraschte die junge, gerade mal zweiundzwanzig Jahre alte Jenny Höfer. So kannte sie ihren Chef gar nicht. Eigentlich, so die vorherrschende Meinung der

Sekretärinnen, ist er ganz erträglich, in letzter Zeit überraschenderweise auch menschlich zugänglicher geworden. Dass die sanftere Tour nur eine wohl kalkulierte Strategie der Personalführung von Keller war, wusste in der Sozietät niemand. Er war nämlich zu der Überzeugung gekommen, dass die wichtigsten Glieder für das Betriebsklima in seiner Firma die weiblichen Angestellten, die Renos und die Sekretärinnen waren. Und deshalb versuchte er sie mit Charme ein wenig einzuwickeln. Verschiedentlich brachte er ohne offiziellen Anlass Blumen mit. Oder stellte Süßigkeiten, Kuchen oder eine Packung Kaffee in die Kochnische.

»Bedienen Sie sich, meine Damen!«, charmierte er dann. In den Augen seiner weiblichen Angestellten konnte er ablesen, welche Wirkung solche kleinen Aufmerksamkeiten hatten.

Heute war er wieder ganz anders, ganz der »Alte«! Kann der Mann nicht mal über eine gewisse Zeit gleichmäßig nett zu uns sein?, dachte Höfer. Beim Rausgehen war sie sich nicht sicher, ob sie auf seiner Stirn so etwas wie Schweißperlen gesehen hatte. Nein, im Oktober war das ausgeschlossen.

Wie jeden Morgen machte sich Keller als Erstes auf einem Schmierzettel Notizen. Eine Art Strichliste, was heute alles erledigt werden musste. Ohne diese Notizen war ihn nicht wohl zumute.

»Zwei Briefe schreiben«. Diesen Punkt unterstrich er mehrmals dick. Der eine Brief sollte an den Bankenvorstand der Securis gehen, der andere an den Generalsekretär der regierenden Partei. Beide Briefe sollten es in sich haben, nahm er sich vor. Ich muss mit den Pfeifen mal wieder Klartext reden, sagte er sich, dass mir da ja nichts aus dem Ruder läuft.

Er nahm einen kräftigen Schluck Kaffee. Hinterher Mineralwasser und die Alca Selzer. Das brachte seinen Kreislauf in Schwung. Nur die Ruhe, nahm er sich vor, jetzt keine Nerven zeigen.

Im Geiste formulierte er die Briefe, die er heute Nachmittag zu Hause handschriftlich verfassen wollte, schon einmal vor.

An den Bankenvorstand in etwa Folgendes:

»Lieber Jakob, ich melde mich heute schriftlich bei dir, um dir die Dringlichkeit meines Anliegens zu zeigen. So mancher Mitarbeiter in deinem Hause, selbst einige deiner Vorstandskollegen, scheinen die Zusammenhänge mit euren hauseigenen Immobilienfonds nicht wirklich richtig zu sehen oder, und das scheint mir noch verhängnisvoller, nicht richtig sehen zu wollen. Ich bitte dich inständig, dein besonderes Augenmerk und deinen Einfluss auf diese Vorgänge zu legen. Die Fondsgeschäfte können nicht nur den Fortbestand der Bank gefährden, sondern auch deinen Posten. Wenn die heute regierende Partei bei der nächsten Wahl wegen der Klagen gegen die Bank verlieren sollte, kann ich für nichts garantieren. Und das sollten wir doch auf alle Fälle vermeiden!«

In der Hoffnung auf dein Verständnis und deine Diskretion, bitte unterrichte mich über deine Maßnahmen,

Mit bestem Gruß, H.P.

P.S.: Bitte diese Zeilen nach Lesen vernichten!

An den Generalsekretär der regierenden Partei, Markus Stellrecht, wollte er ein bisschen schärfer werden:

»Lieber Markus, du kannst sicher sein, dass ich eure Partei immer nach Kräften unterstütze. Denk' nur an die letzte Parteispende im August des Jahres. Ich helfe ja gerne, wo ich

kann. Aber wie es im Leben so ist, eine Hand wäscht die an-
dere. Es wäre doch jammerschade, nein, eigentlich bedrückt
es mich, wenn gerade dein Lebenswerk für die Stadt und
die Partei beschädigt würde. Deshalb überleg' dir doch mal,
wie wir politisch die leidigen Fondsklagen gegen die Secu-
ris schnellstmöglich vom Tisch bekommen. Du weißt ja wie
ich, dass wir bei einer gerichtlichen Auseinandersetzung nur
verlieren können. Dass wir alle aus dem Verkauf der Fonds
an unsere lieben Steuersparer verdient haben. Und zwar
nicht schlecht. Und dass wir uns von den paar aufmüpfigen
Anlegern und ihren Anwälten das doch nicht kaputtmachen
lassen wollen! Hab' ich Recht, oder nicht?

Also Markus, es muss eine staatliche Absicherung der
Fondsgeschäfte her. Dadurch können wir die Anleger und
deren Rechtsanwälte ruhig stellen!

Bitte sprich' mit den zuständigen Vertrauensleuten in den
Gremien, organisiere Mehrheiten in deiner Partei, so wie
du das in den letzten Jahren doch immer so erfolgreich getan
hast. Bitte denk' daran, unser aller Einfluss hängt von einem
positiven Ausgang der Securis-Klagen ab!

Vielleicht solltest du auch mit den Juristen in deiner Partei,
die öffentliche Ämter innehaben, ganz zufällig über diese
Klagen reden. Oder noch besser, wir könnten in einer grö-
ßeren Runde ein Bier trinken! Denk' mal darüber nach und
lass' mich deine Entscheidung wissen. Wir können uns mor-
gen Abend bei mir im Büro treffen. Wäre dir achtzehn Uhr
recht? Bitte um Diskretion, keine Namen!

Mit bestem Gruß, H.P.

P.S.: Bitte diese Zeilen nach Lesen vernichten!

Fünf

»Hiermit stelle ich den Antrag, die Geschäftsleitung des Securis Fonds Nr. Eins hier und heute ihrer Leitungsfunktion durch Gesellschafterbeschluss zu entheben!« forderte eine junge Frau, die an einem der Saalmikrophone stand. Sie sprach mit fester, eindringlicher Stimme und gab ihren Namen mit Beatrice Frei, Freiburg, an. Rattke, der auf dem Podium saß und ihr zuhörte, schätzte sie auf Anfang dreißig, Typ agile Industriemanagerin. Das hell beigefarbene Business-Kostüm stand ihr ausgezeichnet. Der spröde Wirtschaftsprüfer empfand sie als äußerst attraktiv. Mehr noch: als sexuell begehrenswert. Das wär' doch mal was, mit der Kleinen einen drauf zu machen! Besser als sich andauernd durch Belegberge wühlen, oder auf so langweiligen Versammlungen wie heute rumsitzen zu müssen. Zwanghaft unterdrückte er seine Regungen wieder, obwohl er sich dafür verfluchte.

Beatrice Frei befand sich mit etwa vierhundertfünfzig ihrer Leidensgenossen im Konferenzsaal des Hotels Ambassador in Berlin Mitte. Auf der diesjährigen Gesellschafterversammlung des Fonds.

Schmucklos, etwas schäbig wirkte der Raum. Die überaus biedere Einrichtung versprühte den Charme sozialistischer Eleganz. Schwere, dunkle Vorhänge an den Fenstern ließen eine schummrige Atmosphäre entstehen, zumal die Deckenbeleuchtung für die Größe des Raumes viel zu schwach war. Für ein Hauptstadt-Hotel wahrlich keine gute Referenz.

Immerhin waren die Stühle weich gepolstert. Das war wichtig, denn die meisten der Anwesenden waren Männer zwischen fünfundfünfzig und siebzig Jahren. Und wenn es schon nichts Erfreuliches zu berichten gab, so wollten sie wenigstens bequem sitzen.

»Ich hatte vor Jahren den farbigen Prospekten vertraut. Und glaubte, wenn eine Bank, wie die Securis, solche Fonds anbietet, dann muss das, dann kann das gar nichts anderes als seriös sein«, sagte ein grauhaariger Mann zu seinem Nachbarn, als sie sich am Eingang registrieren ließen. Sie waren spät dran. Die Versammlung hatte schon vor zehn Minuten begonnen. »Mit den fünfundzwanzig Jahren Renditegarantie, die der Prospekt versprach, waren die Fonds genau auf mein Risikoprofil zugeschnitten!«

Mit unüberhörbarem Ärger in der Stimme antwortete sein Begleiter:

»Was hätten wir damals auf dem Aktienmarkt für Kurssteigerungen erzielen können. Aber darum ging es mir nicht. Ich wollte Sicherheit. Sicherheit, die mir die Securis mit blumigen Worten versprach!«

»Ich hab' mein gesamtes Erspartes in die Immobilienfonds investiert. Tja, meine Frau hatte mich noch gewarnt! Aber …«

»Ich hoffte, dadurch eine gute Zusatzrente zu bekommen. Und die Steuerersparnis. Die wollte ich auch mitnehmen. Für mich waren die Fonds so etwas wie Rundum-Sorglos-Pakete! Mit denen, so stellte ich mir vor, kann ich beruhigt meinen wohlverdienten Lebensabend genießen!«

An was die beiden nicht gedacht hatten, war, dass Papier geduldig ist. Und dass im Geleitzug einer seriös scheinenden Bank Immobilienhaie ihr Spiel mit ihnen trieben. An was sie auch nicht gedacht hatten, ob ein solches Sorglospaket überhaupt wirtschaftlich für ein Vierteljahrhundert tragfähig sein konnte. Oder ob diese Fonds nicht die schmählichen Versuche von Bauträgern und deren kreditgebenden Banken waren, sich trotz massiver Fehlinvestitionen schadlos zu halten. Und dass deshalb ihre Investments von vornherein zum Scheitern verurteilt waren. Zumal Branchenkenner bereits seit 1997/98 gemunkelt hatten, dass die Securis-Fonds über kurz oder lang die Bank in den Ruin treiben würden.

»Es passte doch alles so schön zusammen: Eine seriöse Bank, Steuerersparnis, gute, langfristig verbürgte Rendite und das Land Berlin im Hintergrund als Garant!«, entgegnete der Grauhaarige kurz vor der Saaltür. »Heute wundere ich mich über meine Leichtgläubigkeit von damals. So etwas war mir in meinem Arbeitsleben nie passiert. Dort war ich immer auf der Hut, wenn mir jemand Sorglos-Geschäfte anbot! Fragen Sie mich nicht, warum nicht auch bei den Fonds? Ich weiß es nicht! «

»Ich könnte mir heute noch die Haare ausreißen, wenn ich genügend hätte, dass ich diesen Mist gekauft habe! Nichts als Ärger haben wir damit. Und Unsicherheit!«

Auf der heutigen Sitzung ging es um alles. Um Wohl oder Wehe, um das Überleben oder den Bankrott des Fonds. Das Terrain war für die anwesenden Fondsrepräsentanten vermint, die Stimmung fragil. Allenfalls ein Rettungsanker blieb ihnen. Über der Tür hinter dem Podium hing ein Schild: »Notausgang«.

Um ja keinen Fehler zu machen, las der neue Sprecher der Geschäftsführung, Hendrik Sälzer, selbst die simpelsten Begrüßungsformeln vom Blatt. Die Ergrauten höhnten über den Schmierencharakter dieser Versammlung, bangten aber zugleich um ihr Geld.

Dass ihr Bangen mehr als gerechtfertigt war, hörten sie wenig später von Sälzer, als der die Ergebnisse aus dem Geschäftsbericht mit brüchiger Stimme vortrug, besser gesagt vorlas:

»Ich möchte jetzt zum Vermietungsstand der Immobilien in unserem Fonds kommen!«

Im Saal wurde es schlagartig still. Man hätte die sprichwörtliche Stecknadel fallen hören können.

»Meine Damen und Herren, leider muss ich Ihnen mitteilen, dass wir einen Leerstand von durchschnittlich 42 % haben. In Folge dessen, das können Sie sich sicher vorstellen, bleiben auch die Mieten aus. Wir versuchen beim Garanten, die fehlenden Mieten einzufordern!«

Jetzt kam wieder Unruhe auf: Viele der Anleger murrten, wunderten sich, warum das nicht schon lange geschehen war.

»Der Leerstand ist doch nicht erst seit gestern bekannt! Warum haben Sie, Herr Sälzer, denn nicht schon längst beim Garanten die Mieten eingefordert?«, rief einer der bekannten Kritiker dem Geschäftsführer empört zu.

»Herr Osterholz, ich bitte Sie, mich einfach mit meinen Ausführungen fortfahren zu lassen. Ich werde später noch auf Ihre Frage eingehen! Ich komme in meinem Vortrag jetzt zu dem Komplex ›Plattenbau‹. Wir hatten diese Immobilien, die insgesamt aus zweitausend Wohnungen mit einem Gesamtumfang von circa 160.000 Quadratmeter bestehen, Anfang des Jahres 2004 für 172 Millionen Euro gekauft. Wir haben zwischenzeitlich diverse Substanzgutachten in Auftrag gegeben und sind zum Schluss gekommen, dass sich für diese Immobilien am ehesten ein Rückbau anbieten würde!«

»Ha, ha, Rückbau. Was soll das denn schon wieder?", schrie Osterholz so erbost, dass man bei dem Anfang Sechzigjährigen einen Herzinfarkt befürchten musste.

»Herr Osterholz, wie soll ich das sagen? Ähm, …, ähm!«

»Einfach frei raus, Herr Sälzer!«

»Rückbau würde ich am ehesten mit Abriss beschreiben wollen!«

Jetzt war die Bombe geplatzt. Höhnisches Gelächter machte sich bei den Anwesenden breit. Nur noch Galgenhumor schien bei den Grauhaarigen zu helfen. Aber es sollte noch dicker kommen.

»Ich bitte Sie, sich wieder zu beruhigen. Es nützt nichts, jetzt den Kopf in den Sand zu stecken. Ich als Ihr Geschäftsführer habe diesbezüglich mit dem Garanten gesprochen. In meinen Verhandlungen hat sich herauskristallisiert, dass der Garant bei einem Rückbau 70 % des Immobilienwertes dem Fonds gutschreiben würde, wenn die Anleger die restlichen 30 % übernehmen würden!«

»Nein, nie und nimmer! Es waren doch Sie, der Anfang des Jahres die Immobilien in den Fonds hereinnahm. Nicht wir!«, rief ein älterer Herr dazwischen, der seinen Namen mit Dr. Klaus Schulzke angab. »Ich persönlich hatte damals zu Protokoll geben lassen, dass der Kauf nur genehmigt wird, wenn die Immobilien werthaltig und vermietbar sind und mit Mietgarantien belegt werden! Und was wollen Sie jetzt? Wir sollen ein Drittel dieser Schrottimmobilie aus der eigenen Tasche zahlen. Die Verkäuferin, die Lünebank, wird sich die Hände reiben. Sie hat uns ihre Schrottimmobilien angedreht. Wir haben hundert Prozent eines Phantasiepreises bezahlt und jetzt, nach gerade mal zehn Monaten, müssen die Bruchbuden abgerissen werden. Und wir sollen nochmals ein Drittel des Wertes bezahlen. Nein, Herr Sälzer, nicht mit uns! Sagen Sie das den Bankoberen!«

»Meine Damen und Herren, ich kann Ihre Kritik nicht ganz verstehen. Ich als Ihr Geschäftsführer versuche alles, aber auch alles, um Ihren Fonds und damit Ihr Geld zu retten. Ohne meinen unermüdlichen Einsatz müsste ich in dem Fonds schon morgen Konkurs anmelden!«, erwiderte Sälzer beleidigt.

Die älteren Herren konnten sich angesichts dieser scheinheiligen Worte nicht mehr auf ihren Sitzen halten. Sie polterten lautstark gegen die Geschäftsführung. Und manchmal auch gegen die unbeteiligt wirkenden, blassen Verwaltungsräte.

»Halsabschneider, ihr macht mir meine Altersvorsorge kaputt! Ihr behandelt uns wie Dreck!«

Vergebens bat Rattke, der heute als Vertreter des erkrankten, zweiten Geschäftsführers des Fonds den Versammlungsleiter mimen musste, um eine ordnungsgemäße Durchführung der Versammlung:

»Ich bitte Sie im Interesse aller um eine sachliche, nicht durch Polemik gestörte Diskussion!«

Der Tumult im Saal war nicht zu stoppen.

Beatrice Frei meldete sich erneut zu Wort:

»Herr Rattke, ich finde es empörend, dass Sie meinen Antrag nicht zur Abstimmung stellen! Ich stelle ihn deshalb nochmals!«

Die junge Frau war in den vorangegangenen, ebenso turbulenten Sitzungen der letzten Wochen noch nie in Erscheinung getreten. Rattke dachte, einfach nicht beachten, einfach ignorieren. Die ist neu. Die weiß nicht, wie das hier läuft. Vielleicht erledigt sich die Sache von selbst. So hatten sich schon öfters Anträge erledigt. Dieses Mal lag er aber falsch.

Die üblichen Kritiker auf den Versammlungen kannte Rattke. Die hatte er im Griff. Die hatte er wohlwissend in seine Strategie des »Besänftigens« eingespannt. Er gab ihnen ganz im Vertrauen einige Insider-Informationen. Und stellte sogar Lösungen für die dringendsten Fondsprobleme in Aussicht. Allerdings nur nach dem Prinzip Hoffnung. Das lullte die Nörgler ein, ließ sie zumindest zeitweise ruhig bleiben. Sie hofften eben. Was blieb ihnen sonst auch übrig.

Beatrice Frei aber, die sich heute zum ersten Mal zu Wort gemeldet hatte, war ihm unbekannt.

Haarklein, begründete sie ihren Antrag. Bis ins letzte Detail kritisierte sie sämtliche Versäumnisse der Geschäftsführung, zitierte aus existierenden Verträgen der Fondsgesellschaft mit der Bank und listete selbst strafrechtlich relevante Unregelmäßigkeiten auf:

»Warum, Herr Sälzer, werden die Garantiemieten nicht monatlich vorschüssig, wie es im Vertrag steht, gezahlt? Durch ihre Praxis der halbjährlichen Abschlagzahlungen haben die Anleger einen Schaden von grob dreihunderttausend Euro jährlich!

Warum flossen circa 1,5 % der Fondskosten, die nicht im Prospekt ausgewiesen waren, den Initiatoren, einer gewissen Kanzlei Keller und Partner, zu. Immerhin sechs Millionen Euro?

Hat der Fonds nicht Immobilien von der Lünebank gekauft, die die Immobilien erst zwei Monate zuvor von einer Firma gekauft hat, die der Kanzlei Keller zurechenbar ist? Und handelt es sich bei diesem Geschäft nicht um ein Dreiecksgeschäft, eine künstliche Kaufpreiserhöhung zu Lasten des Fonds?

Haben sie nicht Verträge gebrochen und Gelder des Fonds veruntreut? Ist der Fonds nicht deshalb bankrott?

Steckt nicht hinter sämtlichen Missverhältnissen in unserem Fonds die Kanzlei Keller? Und ist nicht auch unser Beisitzer und heutiger Versammlungsleiter, Wirtschaftsprüfer Rattke, dort Angestellter?«

Die junge Frau war ungefähr einen Meter achtzig groß, elegant und ihrem Outfit entsprechend wohlhabend. Teures Marken-Kostüm, goldene Halskette mit Brillanten, ebensolche Ringe und eine filigrane Titanuhr um das Handgelenk. Ihr Kleid war knapp und raffiniert geschnitten. Ihr dunkler Teint, ihre kastanienbraunen Augen, die verheißungsvoll aus ihrem Gesicht strahlten, und ihr dichtes schwarzes Haar, das in Wellen nach hinten auf ihren Rücken fiel, machten aus ihr eine begehrenswerte Südländerin. Ihre aus Italien stammende Mutter hatte Beatrice Frei eine gehörige Portion Temperament und Selbstsicherheit in die Wiege gelegt.

Markant, wie ein einsames Goldkörnchen in grauer Eintönigkeit, so hob sie sich von den Anwesenden ab.

Die älteren Herren hielten die Luft an. Eine eigenartige Spannung war spürbar. Etwas lag in der Luft. Den Zusammenhang der Fondsmisere mit der Kanzlei Keller hatte bisher noch niemand hergestellt. Mit unverändertem Elan fuhr die junge Frau fort:

»Den Schlüssel zum Verständnis unserer Probleme in diesem Fonds, meine Damen und Herren, finden Sie in der Kanzlei Keller. Wir sollten dort nachfragen! Wir sollten Herrn Keller persönlich zur nächsten Versammlung einladen und nachfragen, wie es um die Verträge, die er entworfen hat, steht. Wir müssen, meine Damen und Herren, auf Fondsebene gegen die Geschäftsführung und den Garanten klagen. Individuell wegen Prospektbetrug gegen die Bank!«

Rattke überlegte, dass er sich die junge Dame in der Pause vornehmen sollte. Dass sie gefährlich werden könnte. Und dass er Keller auf alle Fälle von ihr berichten musste.

Jedermann im Saal wusste, dass noch viele Fragen bei der Ablösung der Geschäftsleitung offen blieben. Doch wenn sie ihr jetzt zuhörten, waren alle überzeugt, dass sie ihren Vorschlag auf der Stelle umsetzen mussten. Die Entschlossenheit der jungen Frau war ansteckend. Ihr Vortrag überzeugend, ihre Schönheit betörend. Als sie ihre Rede beendet hatte, strich sie ihr wallendes Haar leicht nach hinten und lächelte in den Saal. Mit funkelnden Augen. Wer bis jetzt noch nicht von ihr überzeugt gewesen war, den hatte spätestens diese kleine Geste bezirzt. Der Saal tobte, der Applaus wollte nicht enden. Frei lächelte noch immer auf ihre gewinnende Art und Rattkes Bitte, sich wieder der Tagesordnung zuzuwenden, ging in der Zustimmung für Frei unter. Durch den Applaus für die junge Frau löste sich die Spannung, die aufgestaute Wut und die Frustration der Anleger.

Endlich, so schien es ihnen, hatten sie ein Sprachrohr, ein sehr charmantes zudem, das ihre Rechte und vor allem die umfassenden Garantien der Verträge nachhaltig einforderte. Ein leuchtender Stern am trüben Anlegerhimmel!

Rattke wunderte sich, woher Frei die Details über Vertragsverletzungen, über Provisionszahlungen wohl haben mochte. Haug wird da ihre Finger im Spiel gehabt haben, da war sich Rattke ziemlich sicher. Aber die gibt es ja nicht mehr, sinnierte er. Rattke schielte lüstern zu der jungen Frau, die gerade in der ersten Reihe Platz nahm.

»Die Verbrecher, die uns diese Fonds verkauft haben, sind Schuld an der ganzen Misere!«, schrie ein älterer Herr in die Versammlung, dem man einen solchen Ausbruch gar nicht zugetraut hätte. Jetzt meldete sich Rattke zu Wort:

»Meine Dame und Herren, ich bitte Sie inständig, im weiteren Verlauf unserer Gesellschafterversammlung nicht so polemisch zu diskutieren. Im Namen der Geschäftsleitung fordere ich Sie hiermit auf, sich in Ihren Redebeiträgen an die von uns allen vereinbarte Tagesordnung zu halten! Hochverehrte Frau Frei, wir haben auf unserer Tagesordnung keinen Punkt, der da lautet: Wahl einer neuen Geschäftsleitung. Deshalb können wir Ihren Antrag nicht zulassen!«

Jetzt tobte der Saal. Schlimmer als auf einem Fußballplatz in der Fankurve ging es dabei zu.

Rattke wollte eben retten, was nicht mehr zu retten war. Er sollte, so Kellers Anordnung, durch rechtliche

Finessen die Fondsinitiatoren und die Bank schützen. Im Dschungel der wechselseitigen Interessen war das nicht immer einfach. In nicht enden wollenden Schachtelsätzen zerredete er deshalb die aufgedeckten Missstände so lange, bis ihm vor lauter Paragraphen, Klammern, Exkursen, Einschüben, was noch alles zu beachten sei, kaum noch jemand folgen konnte.

Trotzdem, die Stimmung im Saal schien zu kippen. Die empörten Anleger schimpften nun auch in Richtung Rattke.

Aber der ließ sich, zumindest nach außen, nicht aus der Ruhe bringen:

»Ich möchte Sie nochmals und mit allem Nachdruck darauf hinweisen, dass, selbst wenn wir diesen Antrag zuließen, er nicht durch unsere Satzung gedeckt wäre. Die besagt nämlich im §18, Absatz 2, dass Wahlen zur Geschäftsleitung nur nach Mitteilung an alle Gesellschafter mit mindestens zweiwöchiger Frist vor einer Gesellschafterversammlung erfolgen können.«

Spontan erhob sich ein Fondszeichner aus Osnabrück, der seinen Namen mit Klaus Momert angab, und wetterte, dass die amtierende Geschäftsleitung doch alles täte, nur nicht die Interessen der Gesellschafter zu vertreten!

Rattke fuhr dazwischen:

»Aber ich bitte Sie, Herr Momert, Sie können nicht einfach die Rednerliste durchbrechen. Bitte melden Sie sich, dann nehme ich Sie auf. Ich bitte jetzt alle, sich an die vereinbarte Tagesordnung und die Rednerliste zu halten. Nicht zuletzt deshalb, um einen ordnungsgemäßen Verlauf der Versammlung im Interesse aller zu gewährleisten!«

Frei war mit ihrem Auftritt zufrieden. Der Zweck ihrer Rede schien sich erfüllt zu haben. Sie wurde jetzt von den Fondsverantwortlichen wahrgenommen. Die Voraussetzung für ihren geplanten Ausstieg aus dem Fonds. Wenn sie ordentlich Dampf machen würde, so war ihre feste Überzeugung, würde sie über kurz oder lang von der Bank ein Angebot bekommen, um aus dem Fonds aussteigen zu können. Der Securis-Fonds Nr. Eins war wirtschaftlich so marode, dass es für Frei nur eine Schlussfolgerung geben konnte: Steig' aus, wenn du kannst!

Vielleicht sollte sie sich noch an einen der Rechtsanwälte ranmachen, dachte sie, das konnte nichts schaden.

Sie packte ihre Unterlagen und schlenderte von den bewundernden Blicken der anwesenden Herren begleitet zur Kaffeepause.

»Meine Damen und Herren, ich habe Ihnen eine für uns alle traurige Mitteilung zu machen. Wie ich gerade erfahren habe, ist Frau Rechtsanwältin Haug gestern bei einem Autounfall tödlich verunglückt!«

Rattke gab dies nach der Mittagspause mit belegter Stimme bekannt. Betroffenes Schweigen, verzweifelte Blicke und ungläubiges Kopfschütteln bei den Anwesenden. Spontan erhoben sie sich, legten eine Schweigeminute im Andenken an die Anwältin ein. Danach war der Kampfeswillen der Anleger gebrochen. Ohne Elan, ohne weitere Polemik und Schärfe wurde die verbliebene Tagesordnung abgearbeitet. Bereits um dreizehn Uhr fünfundvierzig endete die Sitzung. Die Initiatoren des blutigen Denkzettels schienen ihr Ziel erreicht zu haben.

»Guten Tag, Herr Keller, Frau Höfer sagte mir, dass Sie mich sprechen wollen?«

Rattke war nicht wohl zumute, als er in das Zimmer von Keller trat. Immer wenn ihn sein Chef einbestellte, fühlte er sich unsicher.

»Haben Sie schon von dem Autounfall der Anleger-Anwältin gehört?, fragte Rattke noch am Eingang stehend seinen Boss, »nichts Besseres kann uns gerade jetzt passieren!«

Dabei lächelte er verschwörerisch, irgendwie aber auch einfältig. Mit dieser Einschätzung liegt er wieder einmal gründlich daneben, urteilte Keller, erwiderte aber:

»Das kann uns noch gefährlich werden!«

»Nicht doch, nicht doch, außer uns beiden, weiß niemand von der Sache. Und der Täter ist längst über alle Berge. Der ist gleich nach der Geschichte mit dem Geld, das ich ihm gegeben habe, in seine Heimat verschwunden!«

»Keine Details, Herr Rattke. Sie wissen, dass ich davon absolut nichts wissen will! »

So ein Blödmann, schoss es Stefan Rattke durch den Kopf, ich mach' die Drecksarbeit und der feine Herr will nichts davon wissen! Unbändige Wut stieg in ihm hoch. Er antwortete aber:

»Okay, kein Wort mehr drüber!«

Dass dieser Mann Wirtschaftsprüfer war, musste sich Keller immer wieder mühevoll ins Gedächtnis rufen. Seine unbedarfte Einschätzung bestätigte erneut, dass Rattke die Intelligenz nicht mit Löffeln gefressen haben konnte. Nicht einmal ein gerüttelt Maß an Bauernschläue besaß er. Was ihm bei seinem Job sicherlich behilflich gewesen wäre. Nein, von alledem war Rattke nicht gesegnet.

Ist denn die Gesellschafterversammlung heute schon so früh zu Ende gegangen, Herr Rattke?

»Ja, die Leute waren ziemlich deprimiert, als sie von Haugs Autounfall gehört haben!«

»Sonst irgendwelche besonderen Vorkommnisse?«

»Tja, wie man's nimmt!«, tat Rattke geheimnisvoll.

»Bitte, Herr Rattke, reden Sie doch Klartext!«

»Auf der heutigen Versammlung trat ein Zeichnerin aus Freiburg auf, die viel kritisiert hat. Aber das Wesentliche war, dass sie die Kanzlei Keller in Zusammenhang mit Unregelmäßigkeiten im Fonds genannt hat! Und dass sie forderte, Sie bei der nächsten Versammlung zu befragen!«

»Wie, verstehe ich nicht?«

»Wie ich es sagte, Herr Keller. Die Frau will Sie auf der nächsten Gesellschafterversammlung zu Unregelmäßigkeiten befragen!«

»Das wurde beschlossen?«

»Nein, aber sie forderte es unter dem Beifall aller Anwesenden!«

»No problem, Herr Rattke. Sie wissen ja, wir haben nichts zu verbergen! Aber trotzdem sollten wir uns die Frau mal vornehmen. Wie heißt sie?«

»Frei, Beatrice Frei aus Freiburg!«

»Herr Rattke, bekommen Sie Näheres über diese Frau heraus. Haben Sie noch Kontakt zu dem Ausländer? Sie wissen schon, wen ich meine! Und denken Sie mal darüber nach, was wir mit ihr machen sollten!«

»Wird gemacht!«

Sechs

Am Abend ging Beatrice Frei in die Bar des Hotels Ambassador, die im Stile einer Südsee-Strandkneipe eingerichtet war und den sinnigen Namen »Trader Roy's Garden Bar« hatte. Sie konnte noch nicht schlafen. Die heutige Versammlung hatte sie zu sehr aufgeregt.

Am Eingang zur Bar standen mystische Holzfiguren, den Tiki-Göttern aus Samoa ähnlich. Im Innern baumelten Fischfangkörbe, Netze mit Glaskugeln und allerlei beschriftetes Leergut von der blau schimmernden Decke. Im vorderen Teil des Raumes standen rustikale Bänke vor Tischen mit dicker, welliger Holzplatte. Im Hintergrund wimmerten dezent Südsee-Ukulelen. Wie im Paradies. Diesen jenseitigen Eindruck verstärkten die polynesischen Schönheiten, die unentwegt über den dicken Teppich mit Palmenmotiven schwebten, um irgendetwas zu servieren.

An den hölzernen Tresen mixten junge Hawaiihemdherren bunte Drinks. Die Mehrzahl auf Rum-Basis. Dort am Tresen, ziemlich weit hinten, sah Frei den jungen, gut aussehenden Rechtsanwalt, der sich heute auf der Gesellschafterversammlung zwei oder drei Mal zu Wort gemeldet hatte. Er vertrat Anleger aus Stuttgart und Umgebung.

Mitte dreißig dürfte er wohl sein, schätzte sie mit erfahrenem Blick, als sie schnurstracks auf ihn zuging. Äußerst sympathisch wirkte er mit seinen schwarzen Haaren und blauen Augen, kraftstrotzend sein athletischer Körper, mit dem gesund-braunen Teint eines Outdoor-Sportlers.

Sein legerer, hellgrauer Anzug stand ihm ausgezeichnet. Er hatte so etwas wie eine Anzugfigur. Ganz normale Konfektionsgrößen saßen bei ihm wie angegossen, wie Maßanzüge. Das blau gestreiftes Hemd und der Anzug ließen ihn, zumindest hier in der Bar, wie einen elegant und seriös gekleideten Plantagenbesitzer aussehen. Sein breites, freundliches Lachen unterstützte diesen Eindruck. Frei sprach nicht ganz uneigennützig mit dem Anwalt. Hatte sie sich doch vorgenommen, aus dem maroden Fonds auszusteigen. Und dazu konnte sie den Rat eines Rechtsanwalts gebrauchen.

»Herr Heinle, hätten Sie bitte einen Augenblick Zeit für mich? Ich würde Ihnen gerne ein paar Fragen zu unserem Fonds stellen!« Frei klimperte mit ihren Augen und lächelte den jungen Anwalt mit allem Charme an, den sie aktivieren konnte.

»Gerne, Frau …?«

»Frei, Beatrice Frei ist mein Name. Ich bin Zeichnerin des Securis-Fonds Nr. Eins!«

Wieder lächelte sie gewinnend.

»Herr Heinle, wie sieht es denn jetzt, nach dem Tod der Rechtsanwältin Haug, mit den Prozessen aus?«

»Tja, schlimme Sache mit dem Autounfall. Noch schlimmer das Ableben der geschätzten Kollegin. Zumal wir Arbeitsteilung vereinbart hatten. Sie sollte die Prospektklagen erarbeiten und ich vorerst einmal eine Anzeige gegen die Fondsinitiatoren und die Bank durchziehen, wegen des nachträglichen Kaufs von rund zweitausend Plattenbauwohnungen für den Fonds!«

Der Anwalt nahm einen Schluck aus seinem Bierglas und schaute erwartungsvoll zu seiner Gesprächspartnerin.

»Und wie sieht es denn mit den Prospektklagen aus?«, fragte Frei wissbegierig.

»Die müssen wir jetzt zeitlich ein wenig nach hinten schieben. Die Kollegen von Frau Haug werden aber sicherlich einspringen!«

Das Gespräch stockte. Etwas verlegen schaute Frei in Richtung Barkeeper und bestellte sich einen bunten Drink mit dem exotischen Namen »Tuvalu-Cosmo«.

Sie hatte noch viele Fragen, wollte aber im Moment nicht zu aufdringlich wirken. Deshalb hielt sie sich vorerst noch zurück.

»Frau Frei, wenn ich fragen darf, was machen Sie denn beruflich?«

»Ich bin Geschäftsführerin einer mittelständischen Softwarefirma.«

Die Überraschung stand dem Anwalt ins Gesicht geschrieben, als er sagte: »Das ist ja super!«

»Wieso?«, fragte Frei und nahm einen Schluck aus ihrem Glas.

»Wir hatten gerade überlegt, ein Internet-Forum für die Anleger der Securis-Fonds zum Gedanken- und Informationsaustausch einzurichten. Wir hatten nur keine passende EDV-Firma an der Hand!«, sagte der Anwalt mit Nachdruck in der Stimme, »diese Aufgabe könnte doch Ihre Firma übernehmen, oder?«

»Sicher, wir haben für unsere Kunden auch eines. Wir müssten uns nur über die Anforderungen, die das Forum erfüllen soll, unterhalten. Wenn ich die habe, werde ich meinen Webmaster damit beauftragen, es einzurichten. Abgemacht!«

Beide prosteten sich zu und freuten sich auf das gemeinsame Projekt.

»Lassen Sie uns nochmals über die Prospektfehler und die Klagen sprechen«, sagte sie, abrupt das Thema wechselnd.

»Frau Frei, Sie haben ja schon einige Prospektfehler in Ihrer Rede aufgeführt. Sie sollten aber noch folgende Fehler beachten!«, sagte Heinle mit wissendem Lächeln. Fachkundig führte er in den nächsten zwanzig Minuten Prospektfehler nach Prospektfehler auf. Heinle bemerkte nicht, dass seine Gesprächspartnerin desinteressiert zu gähnen begann. Was er sehr wohl bemerkte, war, dass sie sehr hübsch aussah. Dass er sich von ihr angezogen fühlte. Wie von unsichtbarer Hand. Er spürte eine immense erotische Spannung. Immer wieder schielte er auf ihre langen Beine und auf ihren Busen. Sehr weiblich, sehr sexy, dachte er. Vielleicht lag es an der Stimme oder der Art, wie sie mit ihm sprach. Wie sie sich gab. Oder an den großen, kastanienbraunen Augen, die halb verborgen hinter langen Wimpern eine ungeheure Lebensfreude ausstrahlten.

Heinle war mit seinen fünfunddreißig Jahren noch immer Junggeselle. Er hatte bisher schlichtweg keine Zeit gehabt, vielleicht auch keine Lust, auf die nächtliche Balz zu gehen und dort Frauen kennen zu lernen.

Die meisten Kontakte zum weiblichen Geschlecht bekam er über seinen Beruf. Das erleichterte die Beziehungen aber nur unwesentlich. Vor ungefähr einem dreiviertel Jahr hatte er bei einer Hauptversammlung eines großen Konzerns in Hamburg eine junge Vorstandsassistentin getroffen. Beide verliebten sich Hals über Kopf ineinander.

Aber weder sie noch er konnten die räumliche Distanz überwinden. Er wollte nicht seine Kanzlei in Stuttgart aufgeben, sie nicht ihre Karriere in Hamburg. Ihre Liebe blieb sprichwörtlich auf der Strecke. Auch schien ihm diese Frau viel zu ehrgeizig, viel zu sehr an ihrem Beruf hängend, als dass er sich etwas Längeres mit ihr hätte vorstellen können.

Seit dieser Zeit lebte er wie ein Eremit. Er sah wenig Möglichkeiten, sein Liebesleben in geordnete Bahnen zu lenken. Er überhäufte sich mit Arbeit und zog sich in eine selbst verordnete Enthaltsamkeit zurück. Manchmal klappte das ganz gut, manchmal aber auch nicht. Dann war er mürrisch, kaum ansprechbar. Zu allem Überfluss nervte ihn auch seine Mutter mit ihrem stereotypen Spruch, den er nicht mehr hören konnte: »Erich, Arbeit ist nicht das ganze Leben. Willst du nicht auch mal ans Heiraten denken?«

Er hasste diesen oder ähnliche Sprüche. Führten sie ihm doch die kargen Beziehungen seines Privatlebens vor Augen.

Als der Anwalt sich ein weiteres Bier bestellt hatte und mit seinem Monolog fortfahren wollte, unterbrach ihn Frei und fragte unvermittelt: »Herr Heinle, was machen Sie denn in Ihrer Freizeit in Stuttgart?«

Heinle stotterte, war perplex. Viele ungewöhnliche Fragen hatte er in den letzten Tagen beantwortet, aber diese Frage ging über seinen juristischen Horizont hinaus. Mit derlei hatte er nicht gerechnet: »Ja, was mach' ich denn in meiner Freizeit? Gute Frage!«

Pause, der langsame Schwabe ließ seine Gesprächspartnerin ganz schön zappeln, um dann umso überraschender zu antworten: »Am liebsten würde ich mal mit Ihnen ausgehen!«

»Sie sind mir aber einer!«, gluckste die Schöne leicht errötend und verzog ihre Lippen zu einem anzüglichen Grinsen, »vielleicht komme ich irgendwann mal nach Stuttgart, dann können wir es miteinander versuchen, ja?«

Heinle nahm sie in den Arm, fasste sie dann kurzerhand um die Hüften, zog sie an sich und drückte ihr einen Kuss auf die Lippen.

Frei war nun doch sehr überrascht. Ihre bisherigen Erfahrungen mit Männern setzten bei Heinle einfach aus. Waren wie weggeblasen. So als ob sie mit Männern noch nie etwas zu tun gehabt hätte.

Wie sie dann auf sein Zimmer gekommen waren – Frei wusste es am nächsten Morgen nicht mehr. Den letzten Erinnerungsfetzen, den sie aktivieren konnte, war, als sie vor dem Hotellift standen, und sie sich wunderte, dass sie nicht einmal der Form halber Einwände erhob. Aber in diesem Moment war sie nur noch bereit, sich ihm hinzugeben, willenlos!

Beatrice Frei war mit ihren zweiunddreißig Jahren bereits eine vermögende Witwe. Ihr unlängst bei einem Autounfall verstorbener Mann hinterließ ihr ein millionenschweres Vermögen. Und dazu noch eine florierende Software-Firma, die sie als Geschäftsführerin leitete.

Kurz nach ihrer Heirat im Jahr 2003 hatte sie gemerkt, dass sie auf den »falschen Prinzen« gesetzt hatte. Ihre Ehe war schon vorbei, noch ehe sie richtig angefangen hatte. Ihre Liebe war binnen kürzester Zeit immer kälter geworden, zum Schluss eiskalt. Hätte sie noch ein Fünkchen Zuneigung zu ihrem Ehemann verspürt, dann hätte sie ihm an einem heißen Sommerabend des Jahres 2004 nicht vorgeschlagen, noch nach Basel zu fahren. Sie wusste genau, dass er zu viel Alkohol getrunken hatte.

Kaum hatte sie die Beerdigung ihres Ehemannes hinter sich gebracht, verschwendete sie keinerlei Gedanken mehr an ihn. Besser, so sagte sie sich, hätte die Trennung gar nicht laufen können. Dass sie sich von ihm getrennt hätte, das war für sie klar gewesen. Und der entscheidende Vorteil bei dieser Trennung war, dass sie jetzt das ganze Vermögen bekommen hatte. Als ihr nach der Testamentseröffnung das gesamte Erbe zugesprochen wurde, war sie um viereinhalb Millionen Euro und eine florierende Software-Firma reicher. Bei einer Scheidung hätte sie mit maximal der Hälfte zufrieden sein müssen.

Zwei Monate trug sie des Anstandes und der Leute halber schwarz, was ihrer Attraktivität jedoch keinen Abbruch tat.

Sieben

»Herr Schreiner, können Sie mir den Hergang des Unfalls auf der B96, bei dem ihre Frau verletzt wurde, schildern?«

»Hab' ich doch schon einmal getan!«, erwiderte Schreiner ziemlich genervt.

»Ich möchte Sie aber trotzdem nochmals bitten ...«

Ein Polizist besuchte Schreiner auf dessen Arbeitsstelle. Er gab seinen Namen mit Heinz Klaiber an, war Mitte fünfzig und salopp gekleidet. Schreiner arbeitete bei der Friedrich Bessmann GmbH in der Buchhaltung. Bessmann war ein Schulkamerad von Schreiner gewesen und hatte von seinem Vater einen Elektrogroßhandel übernommen. Um die Firma stand es im Herbst 2004 nicht gut. Die großen Handelsketten dominierten den Elektromarkt in Berlin und besorgten sich ihre Geräte über eigene Vertriebsschienen. Großhandlungen, wie die von Bessmann, belieferten die übriggebliebenen kleinen Elektrohändler der Stadt. Von über tausend waren diese Läden auf weniger als einhundert in den letzten Jahren zurückgegangen. Schlechte Zeiten für Schreiner.

»Ja, so viel weiß ich aber auch nicht. Es ging alles so schnell!«

»Herr Schreiner, es geht uns speziell um den dunklen BMW, der den Audi, mit dem sie zusammengestoßen sind, von hinten gerammt hat!«, sagte der Polizist und schaute sich in dem kleinen Büro um. In übervollen Schränken waren Hängemappen mit kryptischen Beschriftungen verstaut. Neben dem Fenster stand ein mickriger Kaktus. An der Wand hing ein riesiger Terminplaner, der im letzten halben Jahr immer weniger Einträge auswies.

»Tja, es passierte kurz nach der Ortschaft Teschendorf auf der B96. In einer leichten Rechtskurve. Meine Frau war am Steuer.«

»Wie geht es denn Ihrer Frau mittlerweile?«

»Nicht gut, gar nicht gut! Ich hoffe, sie wird den Unfall überleben!«

»Das tut mir Leid, Herr Schreiner!«

Der Polizist schaute einen Moment lang verlegen auf dem Boden. Er zögerte, setzte dann aber seine Befragung fort:

»Wie schnell sind Sie denn gefahren?«, fragte der Polizist und war sich nicht ganz sicher, ob sein Ton nicht zu sehr Verhörcharakter hatte.

Ungefähr neunzig!«

»Und dann!«

»Ja, wir fuhren in dieser leichten Rechtskurve als ich auf der Gegenfahrbahn den Audi sah und gleich danach den BMW. Und wie er den Audi rammte!«

Klaiber machte sich Notizen und wiederholte zum Teil das Gesagte, als er es niederschrieb.

»Welche Farbe hatte der BMW denn?«

Schreiner zögerte mit der Antwort. Fischte sich eine Zigarette aus dem zerdrückten Päckchen, das vor ihm auf dem Tisch lag, und zündete sie an. Wortlos bot er dem Polizisten auch eine an. Der aber mit Kopfschütteln verneinte.

»Ich glaube dunkel-blau oder schwarz. Es ging alles so schnell, dass ich es nicht genau gesehen habe!«

»Und das Kennzeichen?«

»Das habe ich nicht gesehen!«, erwiderte der Mann geknickt.

»Könnte es die Nummer: B–R–8143 gewesen sein?«

»Wieso? Nein, ich sagte Ihnen doch, dass ich das Kennzeichen nicht gesehen habe. Es ging alles so schnell!«

»Dieser Wagen war als gestohlen gemeldet. Und wir haben ihn in Moabit gefunden. Ausgebrannt. Unsere Techniker konnten Spuren des unfallbeteiligten Audis an der vorderen, linken Stoßstange finden!«, antwortete Klaiber mit ruhiger Stimme.

»Na also. Dann haben Sie ja den Wagen. Und wer war der Fahrer?« Schreiners Ton wurde immer ungeduldiger. Er wusste nicht, was die ganze Fragerei sollte.

»Den suchen wir noch. Der Halter war es nicht gewesen. Der war zur fraglichen Zeit gar nicht in Berlin. Und er hatte den Wagen schon drei Tage vor dem Unfall als gestohlen gemeldet!«.

»Haben Sie irgendwelche Personen in dem BMW gesehen?«

Schreiner schüttelte seinen Kopf, bevor er antwortete: »Nein, eigentlich nicht.«

Klaiber nickte ihm zu und sah, wie sein Gegenüber nochmals ansetzte, etwas zu sagen:

»Doch, warten Sie, ganz schemenhaft hatte ich Köpfe gesehen! Wissen Sie, der Unfall lief vor meinen Augen wie in Zeitlupe ab. Und ich muss immer wieder daran denken. Heute Nacht hatte ich davon geträumt. Verstehen Sie, wie in Zeitlupe. Die Bilder ziehen ganz langsam vor meinen Augen vorbei. Schrecklich, Sie können sich gar nicht vorstellen, wie schrecklich …«

Klaiber dachte, jetzt bloß keinen Fehler machen und

ihn unterbrechen, bloß keinen Fehler. Was wäre ich froh, wenn ich mehr Erfahrung hätte, Leute zum Sprechen zu bringen! Er darf jetzt nicht aufhören zu sprechen!

»Nicht leicht, das mit den Bildern, ich kann Sie sehr gut verstehen. Bitte versuchen Sie es, könnten Sie so freundlich sein, mir einfach nochmals die Bilder zu beschreiben!«

»Tja, an was ich mich noch ganz genau erinnere, ist ein vor Schreck und Angst erstarrtes Gesicht, mit unnatürlich weit aufgerissenen Augen. Das war der Frauenkopf im Audi. An den Kopf im BMW kann ich mich nicht mehr so genau erinnern!«

»Versuchen Sie's bitte, Herr Schreiner. Einfach mal versuchen!«

»Tja, mhm, die Person hatte ein schmales Gesicht, die Augen waren schwarz, irgendwie dunkel, wie bei einem Toten, ausgehöhlt …. mit breiter Nase! Ähm … ähm …. Nein, beim besten Willen, mehr weiß ich nicht mehr!«

»Herr Schreiner, dieses dunkle Gesicht hatte es einen Bart? Backen- oder Schnurrbart?

»Nein, nicht dass ich wüsste!«, entschuldigte er sich.

»Dieses dunkle Gesicht. Wie würden Sie das einordnen?«

»Ich verstehe Ihre Frage nicht!«, sagte Schreiner und zuckte verständnislos mit den Schultern.

»Einordnen verstehe ich so: War es eher ausländischer oder deutscher Herkunft?«

»Kann ich nicht genau sagen!«

»Was schätzen Sie denn?«

»Eher ausländisch!«

»Fällt Ihnen zu diesem Gesicht sonst noch etwas ein?«

»Nein…«

Klaiber spürte, dass er das Gespräch jetzt beenden musste. Freundlich lächelnd sagte er zu seinem Gegenüber:

»Das war doch schon einiges, Herr Schreiner, danke, Sie haben uns sehr geholfen! Wir werden, so weit es geht, eine Zeichnung für ein Phantombild machen lassen. Wenn Sie zu uns kommen könnten, dass wir es mit Ihrer Hilfe erstellen könnten? Ist das möglich?«

Die beiden Männer verabredeten einen Termin für die Erstellung des Phantombildes. Danach legte der Polizist seine Karte auf Schreiners Schreibtisch, bedankte und verabschiedete sich. Draußen vor der Tür überlegte Klaiber, dass er nicht eben viel erfahren hatte. Und dass man doch einmal im Umfeld des Opfers nachfragen müsse.

Acht

Als Letzter kam Keller in den Sitzungsraum seiner Kanzlei hereingeschneit. Wie es wichtige Männer so an sich haben – geschäftig, gehetzt und dennoch in die Runde lächelnd. Es warteten auf ihn neben Rattke auch der Bankchef Jakob Bellinger, der Generalsekretär der regierenden Partei Markus Stellrecht, der missmutig dreinblickende Jurist Franz Prudent aus der Kanzlei Keller & Partner, der Fondsgeschäftsführer Hendrik Sälzer und der Fondsberater Matthias Speck.

Für einen Außenstehenden nicht erkennbar, liefen die Treffen immer nach dem gleichen Muster ab.

»Ich begrüße Sie zu unserer Sitzung zum Thema: Banken-Fonds und erteile Herrn Rattke das Wort. Er hat das heutige Treffen für uns vorbereitet. Wir werden ausschließlich Fragen zum Securis-Fonds Nr. Eins behandeln!«, eröffnete Keller das unregelmäßig stattfindende Meeting, das sie Lenkungs-Ausschuss nannten. Gelenkt wurde allerdings nur von ihm. Die anderen Teilnehmer waren Statisten. Von ihnen wurde nichts anderes erwartet, als dass sie die vorbereiteten Empfehlungen abnickten. Ansonsten am besten nichts sagten. Mit ihrer Zustimmung verpflichteten sie sich allerdings, die Beschlüsse in ihren Bereichen umzusetzen. Das gehörte zu den ungeschriebenen Regeln dieser Veranstaltungen.

Rattke räusperte sich und streifte die Anwesenden mit einem kurzem Blick:

»Meine Herren, ich will den Stand der Dinge aus dem Fonds Nr. Eins zusammenfassen. Die gefundene Problemlösung in diesem Fonds, so ist es angedacht, können wir dann für die anderen auch benutzen. Unser Vorschlag auf Überprüfung des Fonds durch einen Wirtschaftsprüfer ist im vollen Gange. Der Berater, Herr Speck, hat dafür gesorgt, dass sie eins zu eins umgesetzt wurden. Danke hierfür.«

Keller nickte anerkennend in Specks Richtung. Dieser fühlte sich geschmeichelt. Deutlich konnte man erkennen, wie stolz, Anerkennung heischend, er in die Runde schaute. Aber keiner der übrigen Anwesenden beachtete ihn auch nur eine Sekunde lang. Sich mit Beisitzern, und mehr war Speck nicht, gemein zu machen, hätte Kellers Missachtung zur Folge gehabt. Keller war nicht vollständig überzeugt, ob sie mit Speck den richtigen Berater in ihren Kreis geholt hatten. Er wusste über Mittelsmänner, dass Speck keine sonderlich guten Referenzen aufzuweisen hatte. Gerade mal seine Heirat in den hamburgischen Verlegeradel war es, was ihn auszeichnete. Nicht eben viel. Keller musterte ihn und bemerkte, wie dessen Augen nervös zuckten und er ziemlich begriffsstutzig dreinblickte. Speck blickte in diesem Moment zu Keller. Dessen Gesicht sprach Bände: Speck war für ihn nicht mehr als ein schmarotzender Parvenü.

Nach kurzer Pause fuhr Rattke fort:

»Die Wirtschaftsprüfer beklagen sich im Einzelnen, dass sie nicht an alle nötigen Informationen kommen, aber das soll ja auch so sein. Unsere gemeinsam vereinbarte Strategie war, dass der Fonds geprüft werden soll, damit auch dem letzten Zeichner die Missstände klar werden und wir dann eine einvernehmliche Auflösung herbeiführen können. Wir sind ein gutes Stück des Weges vorangekommen. Im Internetforum der Securis-Anleger mehren sich die Stimmen der ausstiegswilligen Anleger. Ich würde diesbezüglich vorschlagen, dass auch von uns Jemand dort aktiv wird.«

Der Beirat Speck konnte sich mit einer Frage nicht zurückhalten:

»Herr Rattke, wie stellen Sie sich das denn konkret vor?«

»Ganz einfach. Dort kann jeder unter einem Pseudonym seine Statements abgeben. Jemand von uns kann die Diskussion in die gewünschte Richtung lenken. Entweder durch gezielte Antihaltung oder durch übertriebene Forderungen. Beide Extrempositionen dürften zum gewünschten Ergebnis führen, ja!«

An Kellers Gesichtsausdruck war abzulesen, dass er keine weitere Umgehung der unausgesprochenen Regeln mehr dulden würde. Solche Diskussionen sollten nicht im Ausschuss stattfinden. Dazu war er nicht das Forum. Keller wollte nicht, dass vor Zeugen über irgendwelche Unregelmäßigkeiten oder gar Gesetzesverstöße geredet wurde. Er wollte zudem nicht mit solchen »Petitessen«, wie er Rattke immer wieder ermahnte, belästigt werden. Missmutig fuhr er Rattke an:

»Herr Rattke, bitte setzen Sie Ihre Ausführungen fort! Ich bitte Sie, darauf zu achten, dass Sie nicht wieder unterbrochen werden!«

So ein Idiot, dachte Rattke, ich kann doch auch nichts dafür, wenn der Speck einfach dazwischenquatscht. Lange lass' ich mir das nicht mehr sagen und mich wie ein Schulbub von ihm abkanzeln! Hass stieg in ihm hoch. Er konnte sich kaum noch beherrschen. Zudem hatte er den Faden seines Vortrages verloren:

»Also, wo war ich stehen geblieben …? Ach ja, bei der einvernehmlichen Lösung. Die einvernehmliche Lösung wird, wie eben geschildert, den Anlegern angeboten. Hat noch jemand der Anwesenden dazu Fragen?« Diese rhetorische Frage wurde auf jeder Sitzung gestellt. Wohlwissend, dass keiner irgendeine Frage haben kann. So das ungeschriebene Gesetz. Aber dennoch räusperte sich Stellrecht und setzte zu einer Frage an:

»Unsere Partei und vor allem unser Vorsitzender machen sich Sorgen …«

Keller unterbrach ihn barsch:

»Ich glaube nicht, Herr Stellrecht, dass diese Diskussion hierher gehört. Wenn Sie etwas vorzubringen haben, besprechen Sie das im Vorfeld mit Herrn Rattke. Dort werden wir für Ihre Problemchen eine Lösung finden!«

»Herr Keller«, warf Stellrecht unverdrossen ein, »wir machen uns Sorgen, dass das ganze Vorgehen aus dem Ruder läuft. Dass hinterher doch mehr finanzielle Mittel notwendig werden, als bei anderen Lösungen!«

»So weit solche Abläufe überhaupt kalkulierbar sind, erscheint uns diese Lösung als die kostengünstigste für alle: Die Bank und die Stadt!«, erklärte Keller mit Nachdruck und Eiseskälte in der Stimme. »Basta!«

»Sonst noch Fragen?«, fügte Rattke hinzu und sah sich um. Es wäre einem Ausschluss aus dem erlauchten Kreis gleichgekommen, wenn jetzt noch jemand, außer Keller selber, Fragen gehabt hätte.

»Wenn nicht, möchte ich nun über unser weiteres Vorgehen sprechen! Wir werden in circa zwei Wochen den Anlegern ein letztes Angebot von 80-85 % des Nominalwertes ihrer Anlagen machen! Das werden dann ungefähr 80 %

der passiven Zeichner und 5-10 % der aktiven akzeptieren. Dann bleiben noch 10-15 % Klagewillige. Denen werden wir kurz vor Prozessbeginn ein Angebot von 95 % plus bisherige Anwalts- und Gerichtskosten machen. Das kostet uns dann alles in allem nur circa drei Milliarden Euro. Wenn alle klagen würden, was übrigens ein Fiasko wäre, würde das geschätzte sechs Milliarden ausmachen. Im Vergleich dazu würde das Fortführen der Fonds zu Garantiebedingungen ungefähr zehn Milliarden kosten. Die weder das Land, noch die Bank im Entferntesten beschaffen könnten! Also liegen die Optionen klar auf der Hand!«

Keller lächelte zufrieden, dachte aber: Den Rattke muss ich mir mal vornehmen. So wie der kann man doch keine Sitzung führen!

Rattke nickte, als Bellinger eine Frage stellte:

»Herr Rattke, und alle anderen. Was ist denn mit den Kosten aus diesen Vergleichen vorgesehen? Wer hat die zu tragen?«

Rattke wollte gerade anheben, aber Keller unterbrach ihn:

»Herr Bellinger«, sagte er formal, so dass sein Duz-Kumpel schon ahnen konnte, was jetzt kommen würde, »die Kosten müssen diejenigen tragen, die sie verursacht haben! Und das war nun mal die Bank und ihre Tochterunternehmen!«

»Ja, aber…« Bellinger sprach nicht weiter, da er bemerkte, dass Kellers Gesichtzüge zu entgleisen drohten. Da war wohl nichts zu machen. In diesen sauren Apfel musste er beißen und die Kosten übernehmen.

Rattke raschelte mit seinen Papieren, zum Zeichen, dass der nächste Tagesordnungspunkt dran sei:

»Ja, Herr Rattke, gibt's noch was?«

»Aber sicher. Wir sollten noch besprechen, wen wir für die Prokuristenstelle bei der Banktochter ›Immobau‹ vorgesehen haben?«

»Richtig, Herr Rattke, das hätte ich beinahe vergessen!«

Keller nickte zufrieden und schaute sich bei allen Anwesenden um.

»Gibt es Vorschläge vom Beirat?«, fragte er. Doch war auch dies nur pro forma. Er hätte niemals einen Vorschlag von ihm akzeptiert. Bei Personalfragen hatte Keller Alleinbestimmungsrecht. Er wollte den Teilnehmern aber das Gefühl geben, wichtig zu sein, dazu zu gehören und mitbestimmen zu können. Obwohl es natürlich ein Farce war. Das wusste jeder, aber keiner ließ etwas verlauten.

Keller hatte schon längst einen geeigneten Mann ausgesucht.

»Die Politik…., will dort jemand?«

Stellrecht schüttelte geistesabwesend den Kopf.

»Nein, also wenn alle nicht wollen. Ich hätte einen äußerst geeigneten Kandidaten: Jurist, fünfunddreißig Jahre alt, sowohl in Wirtschaftsrecht wie auch Betriebswirtschaft exzellent und brennt darauf, für uns verantwortungsvolle Aufgaben zu übernehmen. Falls Sie zustimmen, wovon ich ausgehe, werde ich Ihnen, Herr Sälzer, die Unterlagen des Mannes zukommen lassen.« Er machte eine kurze Pause und fuhr dann fort:

»Meine Herren, ich werde am 12. November wieder einmal ein kleines Fest geben und würde mich freuen, sie dort bei mir zu Hause begrüßen zu können.« Wieder eine kurze Pause, in der niemand im Raum etwas sagte – oder zu sagen wagte.

»Noch Fragen? Wenn nicht, will ich Ihre kostbare Zeit nicht noch länger beanspruchen! Haben Sie vielen Dank für Ihre verdienstvolle Mitarbeit und Ihr Erscheinen und bis zum nächsten Mal! Bitte melden Sie sich bei Frau Höfer. Sie wird Ihnen Ihre Auslagen erstatten!«

Nachdem die Mitglieder des Ausschusses gegangen waren, rief Keller seinen Adjutanten in sein Zimmer. Im typischen Vorgesetztenton sagte er:

»Ach übrigens, Herr Rattke, so wie Sie diese Sitzung geführt haben, so geht das nicht. Sie müssen unbedingt unterbinden, dass irgendwelche Zwischenfragen, die nicht für die Allgemeinheit bestimmt sind, aufgeworfen werden! Und so etwas wie Ihre Antwort zum Internet will ich auf keinen Fall mehr in dem Plenum besprochen haben, verstanden?«

Rattke ärgerte sich über den Rüffel. Er konnte doch auch nichts dafür, dass dieser eingebildete Beirat sich nicht an die Regeln hielt.

»Aber, Herr…«

»Nein, Herr Rattke, darüber diskutieren wir nicht. Das machen Sie beim nächsten Mal anders. Oder Sie machen es beim übernächsten Mal gar nicht mehr. Eins von beiden!«

Dem werde ich es zeigen, dachte Rattke, das nahm er sich hasserfüllt vor. Das lass' ich nicht auf mir sitzen! Der Idiot wird schon noch sehen, was er davon hat!

Neun

Kalter Rauch stand in dem kahlen, etwas schäbig wirkenden Dienstraum der Polizei in der Hauptstraße in Berlin-Schöneberg. Heinz Klaiber nahm den Telefonhörer ab: »Polizeiobermeister Schulz vom Abschnitt vier, Kollege Klaiber, wir haben heute einen Russen verhaftet, der für Sie interessant sein könnte. Wegen des Unfalls mit Fahrerflucht auf der B96! Sollen wir ihn mal rüber bringen lassen?«

»Was hat er denn ausgefressen?«, fragte Klaiber und griff sich einen Kugelschreiber und ein Blatt Papier.

»Er versuchte mit einem Komplizen am Nachmittag, einen Tresor auf einen Anhänger zu laden. Den sie zuvor bei einem Beerdigungsinstitut namens Pfeiffer geklaut hatten. Das alles hatte ein Anwohner beobachtet und uns gerufen! Zwei seiner Komplizen sind flüchtig!«

»Klar, ich werd' ihn mir mal anschauen! Ist er ein alter Bekannter von uns?«

»Keine Ahnung. Auf alle Fragen stammelt er nur: »Nix, nix …!«

Wir haben die Fingerabdrücke von ihm genommen. Sind aber noch bei der Auswertung. Kollege Klaiber, bis spätestens achtzehn Uhr ist er bei Ihnen! Ich hoffe, dass wir bis dahin schon Näheres über ihn wissen!«

»Ich werde gleich nachher einen Übersetzer besorgen. Ach übrigens, vielen Dank für Ihre Unterstützung, Kollege!«

Klaiber hatte den Fall eigentlich schon zu den Akten gelegt. Er hatte einfach zu wenig Anhaltspunkte gehabt, um irgendwo nachbohren zu können. Jetzt, so glaubte er, könnte sich die Sache zum Besseren wenden.

Ich werde dem Russen einfach auf den Kopf zusagen, dass er den Unfall auf der B96 verursacht hätte, nahm sich Klaiber vor, mal sehen, wie er reagiert.

Kaltblütig hatte Oschkov reagiert. Über den Dolmetscher ließ er mitteilen, dass er zur Tatzeit am 17. Oktober gar nicht in Deutschland gewesen war. Er zeigte seinen Pass, wo alle Besucher-Visa der letzten zwei Jahre eingetragen waren. Der vorletzte Einreisestempel datierte vom Dezember 2003 und der letzte vom 24. Oktober 2004 – nur fünf Tage zuvor. Hier war also nichts zu machen, dachte Klaiber, der Unfall war am 17. Oktober und Oschkov kam erst sieben Tage später. Nur seltsam, dass der Russe, kaum verhaftet, die Kanzlei Keller & Partner mit seiner Verteidigung beauftragt hatte, wie ihm der Dolmetscher übersetzte.

Was Oschkov aus guten Gründen verheimlicht hatte, war, dass er öfters über die »grüne Grenze« ohne Visum nach Deutschland eingereist war. So auch zur Tatzeit des Unfalls mit Haug. Und dass Oschkovs Familie von der Kanzlei Keller Geld bekommen würde, wenn er jetzt wegen Diebstahls dran kommt. Voraussetzung dafür war, dass er über sämtliche Vorfälle schwieg.

Zehn

»Hartmut, ich bin doch nicht todkrank«?, fragte Schreiners Frau mit herzzerreißendem Blick und schwacher, brüchiger Stimme. Seit ungefähr zwei Wochen kämpfte sie um ihr Leben auf der Intensivstation, Folge des verheerenden Unfalls mit Haug auf der B96.

»Nein, Sibylle, in ein paar Wochen wirst du wieder fit sein!«, erwiderte ihr Mann versteinert, kaum in der Lage, etwas zu sagen. Tränen standen in seinen Augen.

Dramatisch ging es auf der Intensivstation zu. Fünf schwerkranke Menschen lagen dort an Maschinen angeschlossen, deren Leben am seidenen Faden hing und die dem Tod näher als dem Leben waren. Seine Frau auch. Schon der Weg dorthin war wie ein Gang durch die Hölle: Auf endlosen Krankenhausfluren begegneten ihm abgestumpft aussehende Krankenpfleger mit fahrbaren Betten, bleiche, graue Kranke in Bademänteln. Allgegenwärtige Ohnmacht. Eilten Ärzte mit weit ausholenden Schritten geschäftig an ihm vorüber, deren weiße Kittel wie Flügel hinter ihnen her wehten. Allgegenwärtige Hektik. Manchmal glaubte Schreiner, dass sich der gräuliche PVC-Fußboden unter ihm in Wellen bewegen würde. Wie auf einem Segelboot oder einem Wasserbett. Als ob seine Kniekehlen das Schaukelnde abfedern, ausgleichen müssten. Wie auf rohen Eiern bewegte er sich zur Intensivstation: G51-Neurochirurgie.

Am Eingang musste sich Schreiner in einem Warteraum die Hände waschen, mit Desinfiziermittel, und einen grünen Umhang über die Straßenkleidung ziehen. Bedächtig, nicht zu schnell näherte er sich dem Bett seiner Frau. Der rasche Blick auf die Anzeige der Herzdaten-Überwachung und der Sauerstoffsättigung des Blutes war bereits am zweiten Tag zur Routine geworden. Dieser Blick auf die Instrumente hatte etwas Beruhigendes, verringerte seine Hilflosigkeit. Schon der bloße Blick bedeutete Aktivität, eheliche Fürsorge, und gab ihm immerhin das Gefühl von Kontrolle über eine ganz und gar schlimme Sache, über eine Katastrophe. Immerhin das.

Hinten links auf der weiß gefliesten Intensivstation lag seine Frau in ihrem Bett, wie ein Häufchen Elend. Blutleer ihr Gesicht, wie eine Wachsmaske, schwarze tiefe Ränder um die Augen, über Venenkatheder und Medikamentenpumpe an fünf oder sechs Beutel angeschlossen. Meistens schlief sie oder war nicht ansprechbar. Schreiner setzte sich dann leise auf den Stuhl neben ihrem Bett und wartete, bis sie aufwachte. Die Wartezeit schien unendlich, ebenso die Kraft, die es kostete, neben der eigenen, todkranken Frau zu sitzen. Seine große, immer geachtete Liebe war unheilbar krank. Erst kürzlich hatten sich die beiden nach einer Zeit der Vereinzelung wieder lieben gelernt, sich aus dem Gleichklang des Alltags herausbewegt, die Schattenseiten ihrer Ehe überwunden. Und jetzt lag Sibylle vor ihm, bloß noch ein Schatten ihrer selbst.

Schreiner wusste seit langem, dass er herausfinden musste, wer für den Zustand seiner Frau verantwortlich war. Wie er das rauskriegen konnte, das wusste er nicht. Nur das er es tun musste, das wusste er. Die Diagnose des Arztes war niederschmetternd:

»Herr Schreiner, der Schädel Ihrer Frau weist an mehreren Stellen schwere Frakturen auf. Infolgedessen ist der

Hirndruck stark angestiegen. Ihre Frau befindet sich in einem kritischen Zustand!«

»Welche Chancen hat sie…?«, fragte Schreiner verzweifelt, nachdem er die ersten Schrecksekunden überwunden hatte.

»Wir müssen gleich an mehreren Stellen die Schädeldecke anzuheben versuchen, um den Druck aufs Gehirn zu vermindern, was sehr schwierig sein wird!«,

Knapp zwanzig Jahre nach ihrer Hochzeit starb Sibylle Schreiner, Anfang fünfzig, an ihren Kopfverletzungen, die sie sich bei dem Autounfall mit Haug zugezogen hatte. Ihr Ehemann verbrachte die letzten zehn Tage im Leben seiner Frau an ihrem Krankenbett. Versuchte ihr, in der schweren Zeit zu helfen. Leider erfolglos.

Der Verlust eines Menschen wird vielfach von zwei unbeherrschbaren Empfindungen geleitet: Wut und Schuld. Hartmut Schreiner fühlte sich schuldig, unendlich schuldig. War nicht er es gewesen, der den Ausflug vorgeschlagen hatte.

Elf

Ewald Kleinert, der zweitälteste Partner, führte seit dem Tod von Michaela Haug kommissarisch die Kanzlei. Er war, kurz nachdem Haug sich selbstständig gemacht hatte, zu ihrem Mitstreiter geworden. Eigentlich wusste nach Haugs Tod niemand so recht, wie es weitergehen sollte. Kurzzeitig hatte sich selbst Kleinert mit dem Gedanken angefreundet, die Kanzlei zu verlassen und alleine am Bodensee als Anwalt tätig zu werden. Aber noch mal ganz von vorne anzufangen, dazu hatte auch er keine Energie.

Für diesen Freitagnachmittag hatte er ein Meeting für die Anwälte der Kanzlei angesetzt.

»Wer weiß denn, mit welchen Fällen Michaela in der letzten Zeit befasst war?«, fragte Kleinert.

»Nur noch mit den Klagen gegen die Securis«, antwortete Martin Strauch, ein grauhaariger, verknittert wirkender Jurist. Erst vor ungefähr zwei Jahren war er zum Partner geworden. Er hatte sich durch sein Organisationstalent die Aufnahme erarbeitet, hatte in den ineffizienten Ablauf, wie er bei vielen Juristen und deren Kanzleien vorherrscht, klare Linien gebracht.

»Einer von uns muss überprüfen, an welchen Fällen Michaela gearbeitet hat«, meinte Kleinert trocken, mit unüberhörbarem Imperativ in der Stimme.

»Zu was soll das denn gut sein?«, fragte Roland Schüssler, ein junger Anwalt, der erst seit einem halbem Jahr mit ihnen zusammenarbeitete. »Wir werden doch nicht der Polizei die Arbeit abnehmen.«

Kleinert sah ihn sorgenvoll an:

»Überleg' doch mal: Angenommen ihr Unfall wurde absichtlich herbeigeführt, dann ist jeder, der ihre Fälle zu Ende bringt, möglicherweise genauso gefährdet!«

»Das könnte gut sein, denn Michaela war eine gute Fahrerin und auf der Strecke kann doch unter normalen Umständen nichts passieren!«.

Betroffenes Schweigen machte sich in der Runde breit. Strauch wagte sich als Erster aus der Deckung:

»Heißt das, dass wir herausfinden sollen, welche Fälle von Michaela zu so einem Angriff führen konnten? Oder nach was suchen wir?«

»Ja, so ähnlich habe ich mir das gedacht. Aber wir müssen systematisch vorgehen: Wir lassen uns alle nicht abgeschlossenen Akten der letzten Monate vorlegen. Frau März, die neue Reno, kann ja schon mal vorsortieren!«

Strauch war noch nicht überzeugt:

»Ich will ja nicht impertinent erscheinen, aber was soll das Ganze bringen? Ich glaube nicht, dass ein so simpler Zusammenhang zwischen dem möglicherweise fremd-verschuldeten Unfall und den Mandaten von Michaela herzustellen ist! Vielleicht rührt das Fremdverschulden aus einem ganz normalen Unfall mit Fahrerflucht her? Oder vielleicht liegen die Motive auch im privaten Be-reich. Vielleicht hatte Michaela ein Geheimnis? Über Tote sollte man ja nicht schlecht reden, aber es gab doch einige Anzeichen, dass sie ihrem Ehemann nicht immer die Treueste war! Wenn das stimmt, müssten wir einen Privatdetektiv ansetzen. Wir kämen vom Hundersten ins Tausendste!«, gab Strauch zu bedenken.

»Trotzdem, es scheint mir nicht richtig, die Sache ad

acta zu legen und gar nichts zu tun!«, insistierte Kleinert. »Angenommen, es handelt sich um Fremdverschulden und weiter angenommen, die Täter hatten berufliche Gründe. Dann müssen wir hier, wenn überhaupt, ansetzen!«

Schüssler preschte erneut vor:

»Liebe Kollegen, wie geht man denn vor, wenn man keine Anhaltspunkte über Motiv oder Hintergrund einer Straftat hat? Stellt man nicht einfach die Frage: Cui bono?«

Die älteren Anwälte schauten ziemlich entsetzt in die Gegend.

»Tja, das ist doch die Frage, Kollege Schüssler: Wem nützt das?«, fragte Kleinert mit verächtlicher Stimme, während er die Schultern leicht anhob.

»Zuerst einmal der Bank, den Bankmanagern, den Fondsinitiatoren. Dann den Fondsverkäufern. Und last but not least den Immobilienverkäufern. Haben die nicht sämtliche Schrottimmobilien, die sie in ihrem Bestand hatten, dem einen oder anderen Fonds angedreht? Hat nicht sogar eine Bank aus Norddeutschland ihre unverkäuflichen Immobilien in die Fonds gepackt? Und hat nicht auch ein Berliner Bankhaus eine windige Finanzanlage einem Fonds in Zahlung gegeben?«

Schüssler schaute triumphierend in die Runde. So als müssten ihm jetzt alle seine Kollegen applaudieren.

»Ja natürlich. Jetzt können wir ›Sozietät Haug & Partner‹ gegen den Rest der Welt spielen‹!«, Kleinert versuchte gar nicht, seinen Sarkasmus zu verbergen.

»Ach übrigens, dass ich es nicht vergesse. Michaela hatte in der letzten Woche angedeutet, dass sie sich beobachtet fühlte«, erzählte Strauch mit geheimnisvoller Stimme.

»Davon weiß ich gar nichts!« Kleinert kniff seine Augen zusammen.

»Hat sie dir etwas Näheres erzählt? Konkretere Hinweise gegeben?«

»Nein…«

»Na ja, dann sollten wir einfach dort ansetzen! Einfach unter der Annahme suchen, dass das Fremdverschulden etwas mit den Prozessen gegen die Securis zu tun hat!«

In dieser Kanzlei war die Warnung angekommen, die Keller mit dem Denkzettel unter die Leute bringen wollte. Bei anderen Rechtsanwälten und Zeichnern allerdings noch nicht!

Zwölf

Heinle war besorgt, als er auf Freis Anrufbeantworter sprach.

»Bea, ich muss dich unbedingt sprechen! Bitte ruf' mich so schnell wie möglich zurück! Ich bin unter meiner Kanzlei-Nummer heute bis mindestens zwanzig Uhr zu erreichen!«

Als sie nicht zurückrief, versuchte er es mitten in der Nacht noch mal.

»Ich bin's noch mal, Erich! Du, heute Nachmittag hat mich die Tübinger Kriminalpolizei angerufen und mir mitgeteilt, dass mein Partner, Karl-Heinz Läpple, in seinem Wagen in der Nähe von Tübingen erschossen aufgefunden worden sei!«

Frei rief auch die nächsten Tagen nicht zurück. Das wunderte Heinle. Seit sie sich in Berlin näher gekommen waren, kam Frei öfters spontan nach Stuttgart. Dann wiederholten sie das, was in Berlin angefangen hatte. Seit einer Woche hatten sie nicht einmal mehr telefoniert. Das war ungewöhnlich. Soll ich in ihrem Büro anrufen?, dachte er.

Immer und immer wieder geisterten ihm die Worte des Polizisten im Kopf herum:

»Herr Heinle, ich habe Ihre Telefonnummer in der Brieftasche Ihres Partners, Rechtsanwalt Karl-Heinz Läpple, wohnhaft in Stuttgart – Bad Cannstatt, gefunden. Ich muss Ihnen leider mitteilen, dass er gegen elf Uhr dreißig in der Nähe von Tübingen tot aufgefunden worden ist. Den Hergang können wir bis jetzt noch nicht genau rekonstruieren, aber eins steht fest: Es muss ein Schuss aus nächster Nähe auf ihn abgefeuert worden sein. Uns fehlt bis jetzt allerdings jede Spur vom Täter. Es dürfte sich um kaltblütigen Mord handeln!«

Heinle fragte sich, ob die gleichen Typen am Werke waren, wie bei der Berliner Rechtsanwältin Haug, die auch Fondsanleger vertreten hatte. Nur hatten sie mit Läpple den Falschen erwischt. Hätte es eigentlich ihm gelten sollen?

Unter weiter fragte er sich, ob die undurchsichtigen Typen, die zwei Tage zuvor vor der Tür der Kanzlei gestanden und geschwatzt hatten, ihn einschüchtern wollten? Es fielen Heinle noch ein paar andere Dinge ein, bei denen er sich in den letzten Tagen beobachtet gefühlt hatte; an einer Tankstelle, am einem Zeitungskiosk. Er spürte es förmlich, dass er beobachtet wurde.

Dreizehn

Am Gendarmenmarkt war kein Parkplatz zu finden. Es kostete Klaiber einige Überwindung, seinen Dienstwagen ins Halteverbot zu stellen. Aber nachdem er über zwanzig Minuten nach einem freiem Platz gesucht hatte, fiel ihm keine bessere Lösung ein.

»Guten Tag, mein Name ist Klaiber, Hauptkommissar im fünften Kommissariat, ich möchte bitte Herrn Keller sprechen!«

Jenny Höfer konnte ihre Überraschung nicht verbergen, als ihr der ältere, ziemlich leger gekleidete Typ, der vor ihr stand, seinen Dienstausweis unter die Nase hielt.

»Kann ich den mal genau angucken?«

»Sicher, tun Sie, was Sie nicht lassen können!«

Während Höfer den Dienstausweis anschaute, fragte sie sich, was denn die Polizei von Big Boss wolle. Abweisend schaute sie zu Klaiber, gab ihm seinen Ausweis zurück und erklärte:

»Herr Keller ist nicht zu sprechen!«

Klaiber merkte die Abwehrhaltung der jungen Frau und dachte, was die wohl zu verheimlichen habe, fragte aber:

»Warum ist denn der Herr Keller nicht zu sprechen?«

»Tja, weil er heute gar nicht in Berlin ist!«, lächelte ihn Kellers Sekretärin triumphierend an. Höfer mochte aus irgendwelchen Gründen die Polizei nicht. Vielleicht weil sie immer ein schlechtes Gewissen hatte? Oder weil ihr Verlobter immer so verächtlich von der Polizei als »Bullen« sprach? Sie wusste es nicht.

»Gibt es denn einen Vertreter?«

»Nein, so etwas haben wir hier nicht!« gab sie noch immer schnippisch zurück. Klaiber fing an, sich zu ärgern. Das hatte er nicht nötig. Die Kleine meint wohl, schoss es ihm durch den Kopf, weil sie in der größten Kanzlei der Stadt arbeitet, kann sie sich das leisten. Mit meinen fünfundzwanzig Dienstjahren auf dem Buckel brauche ich mich von so einer Schnepfe nicht vorführen lassen.

»Na gut, ich kann Herrn Keller auch ins Kommissariat bestellen und ihm erzählen, was für eine überaus freundliche Sekretärin er hat!«

Höfer zog den Kopf ein, wischte verlegen irgendwelche Krümel von ihrer Schreibtischplatte und schaltete flugs auf verbindlich um:

»Herr Klaiber, wenn Sie mir sagen, was Sie wünschen, kann ich den richtigen Gesprächspartner für Sie finden!«

»Nur Routinefragen zu einem Unfall!«

»Zu was für einem Unfall denn?«, fragte Höfer neugierig.

Klaiber wollte eigentlich der Sekretärin nichts zu dem Unfall sagen, dachte aber, dass es ja nichts schaden konnte. Sie gehörte schließlich auch zum Umfeld.

»Auf der B 96 am Sonntag, 17. Oktober 2004, in der Nähe von Teschendorf«

Missmutig kramte der Polizist in seiner Tasche nach einem Stift und ließ den Blickkontakt zu seiner Gesprächspartnerin einen Moment abbrechen. Deshalb sah er nicht, dass sich Höfers Augen für einen kurzen Moment geweitet hatten. So, wie es bei Personen vorkommt, die angstvoll überrascht werden.

Als er wieder zu ihr aufsah, nahm sie gerade das Telefon und rief bei Rattke an: »Herr Rattke, Höfer. Hier ist ein

Polizist und will eigentlich mit Herrn Keller sprechen. Der ist aber heute nicht da. Könnten Sie mit dem Herrn sprechen?«

Mit einem zuckersüßen Lächeln sagte Höfer zu dem Beamten, nachdem sie das Telefonat mit Rattke beendet hatte:

»Wenn Sie mir bitte folgen würden. Ich bringe Sie zu unserem Herrn Rattke!«

»Ach übrigens, sagt Ihnen der Name Dimitri Oschkov was?«, fragte der Kommissar, als er seine Sachen zusammenpackte.

»Nein, wieso?«

Sie gingen los. In solchen hochherrschaftlichen Räumen, wie denen der Kanzlei Keller & Partner, beschlich den Kommissar stets das Gefühl, den falschen Beruf gewählt zu haben. Hier wurde richtig Geld verdient. Das sah man an der Einrichtung, der noblen Eleganz der Räumlichkeiten. Teure Auslegware ließen einen durch die verwinkelten Flure nahezu schweben. Überall gediegene Sitzmöglichkeiten für die Mandanten. Und die großen Fenster zum Gendarmenmarkt mit Blick auf das Konzerthaus gaben dem Besucher das Gefühl, in einer Kulisse zu laufen. Wenn er dagegen an die grauen Betonflure mit muffeligem PVC-Boden seines Reviers dachte. Oder die kargen Dienstzimmer, wo das höchste der Gefühle ein halbvertrockneter Benjamin oder eine Palme waren. Und an den Wänden neben den Fahndungsplakaten diverse Ansichtskarten aus den Billigurlaubsländern klebten. Alle von Kollegen. Da könnte man direkt neidisch werden, das war sein Gefühl als er Höfer hinterlief.

Höfer öffnete am Ende eines langen Flures eine Bürotür und sagte in den Raum hinein:

»Herr Rattke, hier ist Herr Klaiber von der Polizei!«

»Herr Klaiber, ich begrüße Sie!«, empfing ihn Rattke freundlich, beinahe zu freundlich und lief ihm mit ausgestreckter Hand entgegen. Klaiber wusste aus Erfahrung, dass er dort, wo er so überschwänglich begrüßt wurde, nur selten brauchbare Informationen erhielt.

»Was führt Sie zu uns? Nein, lassen Sie mich zuerst fragen, was möchten Sie trinken? Kaffee, Tee oder Wasser?«

»Eine Tasse Kaffee, schwarz, wäre mir lieb!«

Klaiber setzte sich auf den Stuhl gegenüber Rattkes Schreibtisch.

Während Rattke am Telefon Anweisungen gab, dass er in der nächsten Stunde keine Anrufe wünschte und dass jemand Kaffee bringen sollte, fischte Klaiber sein Notizbuch aus der Tasche und schrieb das Datum: 02.11.04 an den oberen Rand einer leeren Seite.

»Herr Rattke, ich möchte Ihnen ein paar Fragen zu einem Autounfall auf der B96 am Sonntag, 17. Oktober, in der Nähe von Teschendorf stellen.«

Klaiber bemerkte in Rattkes Augen ein kurzes Flackern, als dieser den Fragenhintergrund hörte. Sein Gefühl sagte ihm, dass sein Gegenüber zu diesem Unfall etwas sagen konnte. Er sah, wie Rattkes etwas einfältig wirkenden Augen jetzt nervös zuckten.

»Herr Klaiber, ich wüsste nicht, was wir mit diesem Unfall zu tun haben könnten? Ich höre heute zum ersten Mal davon! Um was handelt es sich denn dabei? Und warum werden gerade wir befragt?«

»Nun, uns bleibt nichts anderes übrig, als das gesamte Umfeld der am Unfall Beteiligten auszuleuchten, um überhaupt zu einer Spur zu kommen!«

»Ich verstehe«, erwiderte Rattke, der sich wieder gefangen hatte und jetzt ziemlich cool tat, »ich verstehe. Was ich aber immer noch nicht verstehe, ist, wie wir in das Umfeld dieses Unfalls passen?«

Klaiber beantwortete diese Frage nicht, sondern öffnete seine Tasche, zog das Phantombild heraus, das sie mit Schreiners Hilfe und nach Oschkovs Äußerem erstellt hatten und hielt es Rattke unter die Nase.

»Ist Ihnen die Person auf dem Bild bekannt?«

Rattke war überrascht, wie gut sie Dimitri Oschkov getroffen hatten, blieb dieses Mal aber gefasst, zeigte keinerlei Regung nach außen.

»Nein. Zudem ist das ja ein Allerweltsbild, da sind viele Personen zu erkennen. Sicherlich alle Ausländer!«

»Wer sagt Ihnen denn, dass auf dem Bild ein Ausländer abgebildet ist? Und sagen Sie mir doch, welche Sie beispielsweise erkennen!«, fragte der Polizist spitz.

»Ich meinte nur, so … Weil das Bild leicht auf Ausländer schließen … Nein, es könnte … Weil es mir scheint, als ob Sie und auch ich darauf zu erkennen wären! Aber ganz konkret, ich erkenne niemanden …!«

Rattke wurde unsicher. Hab' ich jetzt zu viel gesagt?, fragte er sich.

»Sagt Ihnen der Name: Dimitri Oschkov etwas, Herr Rattke?«

»Wie war der Name: Dimitri ….?«

»Oschkov, Herr Rattke!«, sagte der Polizist mit Ärger in der Stimme.

»Nein, noch nie gehört!«

Ja nichts anmerken lassen, sagte sich Rattke autosuggestiv, ganz cool sein. Er musste wissen, woher die Polizei den Namen hat.

»Herr Rattke, können Sie mir sagen, wie dieser Dimitri Oschkov dazu kommt, ihre Kanzlei in einer anderen Sache mit seiner Verteidigung zu beauftragen?«

Rattke trank einen Schluck Kaffee. Er wusste nicht, was er sagen sollte, antwortete dann aber ziemlich abrupt: »Nein, darüber weiß ich nun gar nichts. Das ist nicht mein Aufgabengebiet. Da müssen Sie unsere Rechtsanwälte fragen.«

Jetzt wollte, nein, er musste auch wissen, wie Keller und er ins Umfeld passen. Was die Polizei alles weiß, deshalb fragte er nochmals:

»Herr Klaiber, Sie haben mir immer noch nicht gesagt, wie wir, Herr Keller und ich, in das Umfeld dieses Unfalls passen?«

Klaiber konnte nicht mehr länger ausweichen.

»Tja, … tja, Herr Rattke, Klaiber machte eine Pause, war sich jetzt gar nicht mehr sicher, ob sein Gegenüber etwas von der Sache wusste, »bei dem Unfall ist eine Kollegin von Herrn Keller, die Rechtsanwältin Haug ums Leben gekommen. Und da Ihre Kanzlei die Securis vertritt und Haug die Klagen gegen die Securis vorbereitet….«

Rattke fiel dem Polizisten aufgebracht ins Wort:

»Aber das kann doch nicht Ihr Ernst sein. Wie können Sie so eine Verbindung ziehen? Das ist … ähm … das ist doch an den Haaren herbei gezogen. Wir alle hier, insbesondere Herr Keller und ich, schätzten die Kollegin Haug sehr. Ich wüsste nicht, was wir zu dem Unfall sagen könnten. Ich wusste natürlich, dass die Kollegin Haug tragischerweise um Leben gekommen ist. Bei einem Unfall. Wir erfuhren es aus der Zeitung. Und glauben Sie mir, wir alle hier haben schwer daran zu tragen. Aber mehr kann ich Ihnen auch nicht dazu sagen, Herr Klaiber. Tut mir Leid!«

So wie der mir das sagt, glaubte der altgediente Polizist, könnte ich schwören, dass er lügt! Er merkte aber auch, dass er mit der direkten Befragung nicht weiter kam.

»Herr Rattke, wenn ich mal ein anderes Thema anschneiden dürfte? Wie steht es denn mit den Fonds der Securis und den Klagen? Wissen Sie etwas Näheres?«

»Herr Klaiber, ich wüsste nicht, was diese Frage mit dem Unfalltod der Kollegin Haug zu tun hat!«, erwiderte Rattke schroff.

»Nichts, Herr Rattke, absolut nichts«, antwortete Klaiber und dachte, vielleicht bringe ich ihn über Umwege zum Plaudern. »Es interessiert mich nur, weil ein naher Verwandter meiner Frau auch Fonds der Securis gezeichnet hat!«

»Ach so …!, sagte Rattke erleichtert. Er hatte befürchtet, dass der Kommissar weitere Details in der Hinterhand hätte.

»Nur so aus privatem Interesse!« erklärte Klaiber freundlich lächelnd.

Ein umfangreiches Thema, die Fonds. Wo soll ich anfangen?«

»Vielleicht beim Stand der Klagen!«

»Tja, der Rechtsanwalt Heinle aus Stuttgart klagt gegen die Securis«, antwortete Rattke großspurig. »Die Nachfolger der Kanzlei Haug verhandeln mit der Bank außergerichtlich.«

Klaiber merkte, dass er viel zu wenig in der Fonds-problematik drinsteckte, um mit den Antworten etwas anfangen zu können. Wieder eine Sackgasse. Abrupt steckte er sein Notizbuch in die Jackentasche, trank seine Kaffeetasse leer, stand auf und sagte:

»Herr Rattke, haben Sie erst mal vielen Dank, dass Sie mich empfangen haben. Es war ja nur mal ein Versuch. Ich bitte um Entschuldigung, dass ich Ihre Zeit in An-spruch genommen habe. Hier ist meine Karte. Nur falls Ihnen noch etwas einfällt! Vielleicht habe ich später noch Fragen. Ich werde mich dann vielleicht nochmals an Sie wenden!«

»Immer, Herr Klaiber. Ich stehe zu Ihrer Verfügung!«

Klaiber stand schon an der Tür, als er nochmals fragte:

»Ach, Herr Rattke, ist Ihnen im Umgang mit Frau Haug etwas aufgefallen?«

»Nein, was meinen Sie?«

»Wann haben Sie denn Frau Haug das letzte Mal ge-sehen?«

»Da muss ich nachgucken!«

Rattke blätterte in seinem Terminkalender. Tag für Tag rückwärts. Beim 17. Oktober beginnend.

»Hier, am 30. September dürfte das letzte Mal gewesen sein! Wir trafen uns zu einem Gespräch bei der Securis!«

»Darf ich fragen um was es ging?«

»Die Diskussionen mit Haug, der Bank und uns gin-gen immer um das Gleiche: die Fonds der Bank!«, sagte Rattke überheblich.

»Können Sie sich noch an Einzelheiten erinnern?«

»Nein. Da müsste ich in meinen Unterlagen schauen! Wenn es nötig ist, mache ich das gerne für Sie!«

»Andere Frage, Herr Rattke: Hatte Rechtsanwältin Haug Feinde?«

»Das kann ich nicht beantworten. So gut kannte ich sie nicht. Jedenfalls in unserer Geschäftsbeziehung lief alles einigermaßen harmonisch. Wir im Wirtschaftsleben finden immer einen Kompromiss, dem beide Seite zustimmen können!«

Rattke lächelte, so als ob er gerade eine neue betriebswirtschaftliche Erkenntnis verkündet hätte. Klaiber war nicht zum Lachen zumute. Er spürte, dass er hier mit allen Fragen gegen eine Mauer stieß. Die Beweislage war einfach zu dünn oder gar nicht vorhanden, um Rattke in die Zange nehmen zu können.

Klaiber verabschiedete sich bei Rattke mit Handschlag, was er üblicherweise nicht tat. Er wollte aber bei seinem Gesprächspartner überprüfen, ob dessen Hände feucht waren. Sein Händetest bestätigte seine Vermutung. Ob sein Gesprächspartner nicht immer feuchte Hände hatte, das wusste er nicht. Falls ich den nochmals vor die Nase bekomme, nahm er sich vor, dann gebe ich ihm wieder die Hand.

Kaum hatte Klaiber die Tür hinter sich zugemacht, rief Rattke bei Höfer an und fragte wer denn der Verteidiger von einem gewissen Dimitri Oschkov in ihrem Hause sei. Er schrieb auch an Keller eine E-Mail im Telegrammstil:

»S.g.H. Keller,
gerade war Kripo da. Hat harmlose Fragen zu Haugs Unfall gestellt. Haben mir Fahndungsplakat gezeigt. Kripo

ist vollkommen ahnungslos. Wir brauchen uns um die Sache
nicht weiter zu kümmern!
  M f G
  Rattke

Ob sich Rattke da nicht wieder einmal getäuscht hatte?

Vierzehn

Die Presse war mit einem massiven Aufgebot erschienen. Auf den Fluren des Landgerichts im Tegeler Weg wimmelte es von Journalisten. Alle wollten über den spektakulären »Prominenten-Prozess«, den Heinle mit seiner Anzeige angestoßen hatte, berichten. Parallel zu den Klagevorbereitungen wegen Prospekthaftung hatte er vor Monaten eine Anzeige wegen Untreue gegen Keller, Bellinger und Pfister bei der Staatsanwaltschaft eingereicht.

»Ich habe mich stets korrekt verhalten und brauche mir nichts vorzuwerfen«, sagte Keller den Reportern kurz vor Beginn des Prozesses in die Mikrophone. »Sie werden sehen, dass dem Gericht am Ende nichts anderes übrigbleibt, als dies festzustellen. Ein Vergleich kommt für mich überhaupt nicht in Frage. Ich will, dass damit der unsäglichen Rufmordkampagne endlich Einhalt geboten wird! An der auch Ihre Zunft, meine Damen und Herren, beteiligt war.«

Abrupt wendete er sich ab und ging flankiert von einem Tross von Rechtsanwälten in den kargen ungemütlichen Gerichtssaal mit hoher Decke und ebensolchen Fenstern. Hinter ihm Gedränge wie bei einer Oscar-Verleihung, Kameras, Scheinwerfer. Für die Angeklagten und Anwälte gab es lederbezogene Stühle, großflächige Tische für die meterweise aufgereihten Akten, vor denen Wasserkannen und Pappbecher standen. Einen Ledersessel für die Richterin. Für die Zuschauer waren ungefähr zehn Sitzreihen mit Holzbänken vorgesehen. Viel zu wenig für das übergroße Publikumsinteresse an dem Prozess.

Keller, Aussichtsratsvorsitzender bei der Immobilientochter der Bank, Immobau, und den beiden Securis-Vorständen Bellinger und Pfister wurden von Seiten der Staatsanwaltschaft vorsätzliche Pflichtverstöße vorgeworfen. Durch eine Öffnungsklausel hatte das Trio noch eineinhalb Jahre nach Start des Immobilienfonds Nr. Eins den Anlegern knapp zweitausend Plattenbauwohnungen angedreht und kräftig Provisionen kassiert. Das schafften sie nach Anklage des Staatsanwaltes folgendermaßen: Die »unverkäuflichen« Plattenbauwohnungen wurden aus Bankbeständen von Kellers Firmen gegen Gebühr »gewaschen«, gestrichen und entwickelt. Provisionspflichtig zwischen seinen Immobilienfirmen hin und her geschoben. Und mit einem neuen Preis, inklusive hoher Provisionen, unter Vorspielung falscher Tatsachen an den Securis-Fonds Nr. Eins verkauft. Alles zum Nachteil der Fondszeichner.

Dies stichhaltig zu beweisen, war für den Staatsanwalt, Lothar Renner, sicherlich keine leichte Aufgabe. Er musste die Angeklagten der vorsätzliche Schädigung fremder Vermögensinteressen überführen.

Pünktlich um neun Uhr begann der Prozess.

Keller nahm die spektakuläre Konfrontation mit der Justiz gelassen hin. Als er den Gerichtssaal betrat, winkte der sonst so scheue und zurückgezogene Mann siegessicher ins Publikum, was ein wahres Blitzlichtgewitter auslöste. Ein aufgeregtes Raunen ging durch den Saal. Die Neugier, den bekannten Anwalt und Strippenzieher einmal leibhaftig zu sehen, ließ die weiter hinten Sitzenden aufstehen. Und Keller lächelte ins Blitzlichtgewitter als wäre er auf einer Stehparty.

Entspannt gab sich auch Jakob Bellinger. Im unifarbenen, dunkelblauen Armani-Anzug kam er lässig in den Gerichtssaal. Ein dreistes Lächeln im Gesicht. Er hatte beide Hände tief in den Hosentaschen vergraben, was nicht gerade den besten Eindruck machte.

Einzig der Controlling-Vorstand der Securis Bank, Werner Pfister, machte einen unruhigen, nervösen Eindruck, wozu er auch allen Grund hatte. Sein mausgrauer, schlecht sitzender Zweireiher verstärkte den jämmerlichen Eindruck. Es schien, als habe er in diesem Anzug letzte Nacht geschlafen. Reporter berichteten in einer Verhandlungspause kichernd, dass er vor lauter Aufregung fast am Eingang des Landgerichts vorbeigelaufen wäre.

Als die Verhandlung nach einigem juristischen Vorgeplänkel endlich ihren Lauf nahm und die Vorsitzende Richterin, Gabriele Wagenbauer, die Anklagevertreter aufforderte, die Liste der Anklagepunkte zu verlesen, wurde es im Publikum mucksmäuschenstill.

Gleich danach kam der Höhepunkt des Vormittags. Keller ergriff das Wort. Für ihn stand besonders viel auf dem Spiel. Ein ungünstiger Ausgang des Verfahrens hätte seiner bisherigen makellosen Karriere mehr als einige Kratzer verpassen können.

Kellers geschliffener Vortrag war kämpferisch und ein Musterbeispiel der Redekunst. Was er dem Gericht präsentierte war nichts anderes als ein ausgefeiltes Plädoyer für leistungsgerechte Entlohnung in der Wirtschaft.

»Ich habe mich nicht bereichert, sondern nur eine gerechte Honorierung meiner Leistung bekommen«, dozierte er wie ein Moralist. »Wo liegt da die Straftat?«

Tief atmete Keller durch und kam beim Reden mehr und mehr in Fahrt.

»Blinde Parteilichkeit« war sein Vorwurf an den Staatsanwalt, wo »neutrale Objektivität am Platze gewesen wäre«. Eine »rufmordartige Verleumdung« bescheinigte er ihm, wo »die Unschuldsvermutung eines fairen Verfahrens angestanden hätte«. Mit der geballten Kraft der »Staatsmacht« sei er in den letzten Monaten verfolgt worden. Der Staatsanwalt hätte absichtlich »Geschichten erfunden«. Dem Anwalt Heinle aus Stuttgart, aufgrund dessen Anzeige der Prozess überhaupt erst ins Rollen gekommen sei, wäre es »nur um eigene Profilierungswünsche, ohne jede Beweisgrundlage gegangen!«.

Keller schlüpfte in die Rolle eines Richters, oder genauer gesagt, eines Scharfrichters.

Das Mienenspiel der Richterin sprach Bände. Es ließ darauf schließen, dass sie mit dem Gesagten wenig oder gar nicht einverstanden war. Immer wieder schüttelte sie den Kopf, um ihre Ablehnung zu signalisieren. Klopfte mit ihrem Kugelschreiber leicht, aber ungeduldig auf den Tisch. Deshalb überraschte es nicht, als sie abrupt, in einer rhetorischen Pause von Keller das Wort ergriff und ohne ersichtlichen Grund, den Prozess für den heutigen Tag schloss. Keller wirkte wie aus dem Konzept gebracht. Er hatte im Eifer des Gefechts nichts von der ablehnenden Haltung der Richterin, nichts von der kontraproduktiven Wirkung seiner Ausführungen mitbekommen.

Wieder pünktlich um neun Uhr rief der Justizwachtmeister am nächsten Verhandlungstag, einem Mittwoch, in den Gerichtssaal L 685. Unausgeschlafene Justizbeamte mit strenger Miene filzten zuvor jeden Besucher wie bei einem Terroristenprozess. Als die Richterin Wagenbauer mit zehnminütiger Verspätung den Saal betrat, standen Keller und Bellinger noch. Sie empfingen das Gericht stehend und nahmen gemeinsam mit der Kammer Platz. Ein Symbol der Gleichrangigkeit.

Richterin Gabriele Wagenbauer war eine gestandene Frau von ungefähr fünfundvierzig Jahren. Mit hellbraunen, toupierten Haaren und ausladender Figur. Durch die Richterrobe wirkte sie noch kompakter, als sie in Wirklichkeit war. Ihre schlechte Haltung setzte ihren ohnehin nicht sehr attraktiven Körper in ein unvorteilhaftes Licht. Ihr Mund schien ausgedörrt. Ohne Unterlass trank sie während der Verhandlung Mineralwasser, ohne Glas. Ihre etwas zu leise Stimme war im Gerichtssaal kaum verständlich.

Auf der Spitze ihrer Nase hatte sie eine Lesebrille, über die hinweg sie suchend in den Gerichtssaal blickte. So, als ob dort die Wahrheit zu finden sei. Der rechtschaffene Ausdruck ihres Gesichts, der weiche Glanz ihrer graublauen Augen betonten dabei die Ernsthaftigkeit ihres Engagements für Recht und Gerechtigkeit.

Ihre Finger zeigten an der rechten Hand hellbraune Nikotinflecken.

Die Richterin forderte Keller ziemlich schnoddrig auf, mit seinen Ausführungen fortzufahren, sich aber »bittschön, aufgrund prozessökonomischer Gesichtspunkte, nicht zu wiederholen!«

»Ich werde weitere zwei Stunden sprechen«, kündigte er mit stolz erhobenem Kopf an. Lächelnd blickte er zu Wagenbauer und fragte:

»Oder wollen Sie mir, Frau Vorsitzende, etwa das Wort beschneiden?«

Er zeigte keine Spur von Nervosität, nicht ein Quäntchen. Heute begann er mit extrem leiser Stimme.

»Der Aufbau einer schlagkräftigen Immobiliensparte bei der Securis-Bank-Holding ist eine Sache der wirtschaftlichen Vernunft gewesen. Deshalb hat die Bank mich und meine Kanzlei beauftragt, Fondskonzeptionen zu entwerfen und Immobilien für die Fonds zu kaufen.«

Man hörte ihn kaum, es klang als hätte er Angst, laut zu sprechen. Es sollte aber nur die Aufmerksamkeit der Zuhörer auf das Gesagte verstärken. Ganz allmählich nur wurde er lauter:

»Unsere verantwortlichen Politiker wollten mit der Securis-Bank-Holding ein internationales Institut aufbauen. Sie wollten mit der Immobiliensparte das Ansehen des Landes am deutschen Immobilienmarkt vergrößern. Die Immobilientöchter galten in den Jahren 1995 bis 1999 als wirtschaftlich erfolgreich.«

Was nun begann, war Kellers rhetorischer und taktischer Schachzug. Seine Rede steuerte auf den Tag der vermeintlichen Untreue-Handlung zu, den 12. Januar 2004:

»Was in diesen Stunden passierte, ist strittig. Der Staatsanwalt glaubt, wir hätten uns damals zwölfeinhalb Millionen Euro zugeschustert, von denen meine Kanzlei mit Zustimmung der Herren Vorstände Bellinger und Pfister sechs Millionen Euro bekommen habe. So sei den Fondsanlegern ein Schaden entstanden – glaubt die Staatsanwaltschaft. Und lassen Sie mich hinzufügen: Glauben tun wir in der Kirche, Herr Staatsanwalt! Hier vor Gericht gelten aber nur Fakten und die Wahrheit, nicht der Glaube. Dieses Glaubens wegen sitzen wir hier auf der Anklagebank und müssen uns dem Vorwurf der Untreue oder der Beihilfe zur Untreue stellen. Leider, leider, so der Staatsanwalt, gibt es über die entscheidenden Stunden nur in Bruchstücken Aufzeichnungen. Deswegen hat der Staatsanwalt über dreißig Zeugen benannt. Das heißt man Beweisnotstand, nichts anderes!«

Keller präsentierte nun seine Version der Geschehnisse:

»Am Ende einer einzigartigen Erfolgsstory der Securis-Bank-Holding, an der viele Manager und Mitarbeiter Teil hatten, stand an diesem Tag die Entlohnung für ein erfolgreiches Management zur Disposition. Jahre von Arbeit, Jahre des Einsatzes von hochqualifizierten Experten wurden an diesem Tag abgerechnet! Das ist die Wahrheit und nicht das, was uns die Staatsanwaltschaft glauben machen will.«

Er machte eine rhetorische Pause, er wollte, dass der letzte Satz nachwirkte. Und für die Richterin schien seine Strategie aufzugehen. Sie machte sich jetzt ohne Unterlass Notizen, wie Keller feststellen konnte.

»Es gibt also keinen Schaden« betonte Keller. Doch der Vorwurf der Untreue setzt voraus, dass ein Schaden nachzuweisen ist«, erklärte der Jurist dem Gericht nachdrücklich.

Wieder ein Pause, die so lange war, dass man meinen konnte, er hätte seine Rede beendet. Doch plötzlich fing er wieder an zu sprechen. Ziemlich laut, beinahe zu laut:

»Das Immobilienmanagement der Securis war in Deutschland eine einzigartige Erfolgsgeschichte«, rief Keller in den Saal. So als ob dadurch seine Behauptung an Richtigkeit gewinnen würde. Die beiden anderen Angeklagten und ihre Verteidiger hörten gespannt zu. Sie wurden alle von ihm gelobt. Zu dumm nur, dass er selber Angeklagter war.

Für das heutige Weichzeichnen seiner Taten, für das »Beweisen« seiner berechtigen Entlohnung und für das Bild einer vermeintliche Erfolgsgeschichte konnte Keller keinen Parallel-Prozess brauchen, den die Fonds-Anleger gegen die Immobilientöchter der Securis führen wollten. Hier in diesem Prozess musste er für einen Freispruch unbedingt das »erfolgreiche Immobiliengeschäft« präsentieren. Wenn in dem parallel laufenden Prozess der Fonds-Anleger wegen Prospekthaftung der wirkliche Schaden offen gelegt worden wäre, hätte er keinerlei Chance gehabt, das Fondsgeschäft als Erfolg zu verkaufen. Er brauchte die Ruhe an der Prozessfront dringend. Dafür hatte die Anleger-Anwältin Haug ihr Leben lassen müssen.

An dieser Stelle müsste jetzt doch der Staatsanwalt das Wort ergreifen, erwartete Wagenbauer. Aber mit dieser Vermutung lag sie falsch. Irgendwie erschien er ihr leblos bei dieser Verhandlung. Sie kannte ihn von anderen Prozessen als agilen, wortgewaltigen Juristen. Der mit Vehemenz Recht und Ordnung vertrat. Lag es an seiner Tagesform oder war er von der juristischen Power der Gegenseite eingeschüchtert? Oder hatte er gar mit Keller einen Deal vereinbart? Hatte Keller den Staatsanwalt mit seinen üblichen Methoden zum Einlenken gebracht?

Der achte Tag in Berlins spektakulärstem Wirtschaftsprozess um die Millionenhonorare lief schleppend an, obwohl das Programm einen Höhepunkte verhieß: die Aussagen einer ehemaligen Mitarbeiterin der Securis Bank.

»Zeugin der Anklage« wurde sie in der Presse tituliert. Gereizt war die Stimmung an diesem Morgen im Saal. Der am Saaleingang postierte Wachmeister musste bei den Zuschauern immer wieder Ruhe anmahnen. Der dickbäuchige Protokollant, gleich neben dem Richtertisch, schüttete zu Beginn der Verhandlung sein Wasserglas um. Was zu einiger Aufregung bei der Richterin führte.

»Die Zeugin: Elisabeth Schweizer, bitte.«

Als die Tür aufging, kam eine typische Banksekretärin herein. In einem dezenten Kostüm mit gediegenem Aussehen, einer goldenen, leichten Brille auf der Nase. Sie war aufgeregt, ihre Hände zitterten. Starr blickte sie nach vorne.

Keller war zufrieden mit der Frau, die im Zeugenstand Platz nahm und ganz vorsichtig nach links und rechts schaute.

Mit geschäftigem Rascheln in seinen Akten stellte der Staatsanwalt der Zeugin Schweizer Fragen: »Frau Schweizer erzählen Sie uns doch einmal, wie lange Sie bei der Securis-Bank-Holding gearbeitet haben?

»Insgesamt war ich damals genau ein Jahr und zwei Monate bei der Bank beschäftigt.«

Unsicher schaute sie zur Richterin, zum Staatsanwalt und zu den Anwälten. Unsicher flackerte ihr Blick nach links, zu Pfisters Anwalt hin.

Frau Schweizer sagen Sie uns doch bitte, in welcher Abteilung Sie beschäftigt waren?«

»Im Vorstandssekretariat des Herrn Pfister.«

»Frau Schweizer, warum sind Sie aus den Diensten der Bank ausgeschieden und wann war das?«

»Die andere Vorstandssekretärin, Frau Baumann, und ich haben uns nicht verstanden. Deshalb habe ich gekündigt! Das war zum Ende des zweiten Quartals 2004. »

»Frau Schweizer, welches Verhältnis haben Sie denn zu Ihrem Chef, Herrn Pfister gehabt?«

»Ich möchte dazu nichts weiter sagen. Ich werde an dieser Stelle meine Aussage beenden!«, sagte die Sekretärin mit einer Stimme, die jede Farbe verloren hatte.

Der Staatsanwalt schien die Welt nicht mehr zu verstehen. Die Richterin blickte prüfend in die Runde und machte die Zeugin darauf aufmerksam, dass Sie mit Geldstrafen und im schlimmsten Fall mit Beugehaft zu rechnen hätte, wenn Sie Ihrer Pflicht zur Zeugenaussage nicht nachkäme.

Schweizer wirkte nervös, während die Richterin sie belehrte. Sie fühlte sich erkennbar unwohl. Denn jetzt kam der Prozess zu dem Punkt, den sie mit Rattke und dem Anwalt und ihrem früheren Chef xmal durchgesprochen hatte. Sie sollte jetzt ein Statement abgeben, das ihr sehr schwer fiel.

»Ich, ich äh, äh,...«, Schweizer stockte die Stimme, sie musste sich förmlich überwinden, weiter zu sprechen. »Ich verweigere meine Aussage deshalb, weil ich die Verlobte von Herrn Pfister bin!«

Die Richterin und der Staatsanwalt blickten sich ungläubig an. Ihre Blicke sagten: »Das kann es doch nicht geben! Da haben die Scheißkerle wieder mal ein ganz dickes Ding gedreht!«

Zuerst fasste sich Wagenbauer wieder und fragte in Richtung Schweizer:

»Frau Schweizer, Sie meinen, Sie seien die Verlobte von Herrn Pfister?«

Jetzt war Kajo Beuter, der Verteidiger von Pfister, an der Reihe:

»Frau Vorsitzende, die Zeugin Schweizer *meint* nicht nur, vielmehr *ist* sie die Verlobte von Herrn Pfister. Und damit hat sie jedes Recht, als Zeugin nicht weiter aussagen zu müssen. Zwischen *meinen* und *sein*, Frau Vorsitzende, ist ein himmelweiter Unterschied!«

Keller und Bellinger blickten triumphierend zwischen Richterin und Staatsanwalt hin und her. Pfister zog den Kopf ein und wirkte wie ein begossener Pudel.

Wagenbauer erklärte in ungehaltenem Ton:

»Ich unterbreche die Verhandlung für eine Stunde und bitte die Prozessparteien zu mir in das Besprechungszimmer!«

Gebannt und mucksmäuschenstill hatten die Zuschauer bis dahin das Geschehen verfolgt. Jetzt wurden Rufe wie »Schiebung, Beschiss, unerhört« laut. Ungläubiges »Det jibbet et doch nich« und hämisches Kichern lösten sich ab.

»Ruhe«, entgegnete Wagenbauer diesen Unmutsäußerungen. »Wenn Sie nicht sofort still sind, lasse ich den Saal räumen!«

Die Pressevertreter schrieben letzte Worte auf ihren Notizblöcken, machten ihre Handys startklar und eilten zur Tür.

In seinem schwachen Schlussplädoyer zog Staatsanwalt Renner eine vage Verbindung zwischen den Angeklagten und dem tödlichen Autounfall der Anleger-Anwältin Haug. Empört sprangen die Rechtsanwälte der Angeklagten auf und protestieren gegen eine derartige Konstruktion. Keller drohte dem Staatsanwalt mit dem üblichen Repertoire eines Anwaltes: Verleumdungsprozess, Anrufe beim Senator und ließ eine nicht enden wollende Schimpfkanonade ab. Selbst die Richterin Wagenbauer verbat sich solche Spekulationen. Am nächsten Tag stand in der Presse:

Staatsanwalt zieht im Bankenprozess Verbindung zum Todesfall der Rechtsanwältin Haug.

Am Tag des Urteilsspruch wirkten die Angeklagten müde und erschöpft. Die nervliche Belastung war größer, als besonders Keller dies zugeben würde. Obwohl seit dem Rechtsgespräch allen Prozessbeteiligten eigentlich klar war, dass es zum Freispruch kommen würde.

Die Klage gegen die Bankvorstände und Keller wurde in erster Instanz abgewiesen. Aus Sicht des Gerichts erwiesen sich die in der Klage erhobenen Vorwürfe als nicht belastbar. Die unterstellten, vorsätzlichen Pflichtverstöße der Manager im Zusammenhang mit der Übertragung von knapp zweitausend Wohnungen in den Immobilienfonds Nr. Eins als nicht erwiesen.

Fünfzehn

»Der Herr hat's gegeben, der Herr hat's genommen – gelobet sei der Name des Herrn!«.

Nein, er konnte es nicht länger mit anhören. Am liebsten wäre er gegangen, hätte die Totenfeier verlassen. Türen schmeißend, so stellte er sich das vor, wollte er aus der kleinen Kapelle des Neuköllner Emmaus-Friedhofs rennen, weit weg. So fühlte er sich. Nur konnte er das Sibylles Eltern und seinem Sohn nicht antun. Der Pfarrer bei der Beerdigung seiner Frau war schlichtweg eine Zumutung. Die liturgischen Erlösungsformeln waren unerträglich, die er in einem fort herunterleierte. Sibylles Sarg stand in der Kapelle gleich vor Schreiner, flankiert von zwei brennenden Kerzen. Inmitten eines riesigen Blumenberges, vor allem Rosen und Lilien konnte er erkennen. Ohne es steuern zu können, grübelte Schreiner, ob seine Frau überhaupt in dem Sarg lag? Zweifel stiegen in ihm hoch. Wie soll ich das denn überprüfen? Das würde doch auch nichts ändern. Darauf kommt es jetzt nicht mehr an. Eigentlich kommt es auf gar nichts mehr an!

Die Orgel setzte ein. Lautes Schluchzen von Sibylles Mutter begleiteten die Choräle.

»Wenn wir an die liebe Verstorbene, Sibylle Schreiner, denken, das Leid….«, sagte der Pfarrer mit gedeckter Stimme. Mitten in der Trauerrede des Pfarrers musste Schreiner an die Wortes seiner Frau auf der Intensivstation denken:

»Hartmut, ich bin doch nicht todkrank?«

Und wie todkrank sie war. Nur sagen konnte man es ihr nicht.

Trost oder etwas Ähnliches verspürte er bei der kirchlichen Feier nicht.

Die Beerdigung übertraf in ihrem Schrecken sowieso alles, was Schreiner bis dahin erlebt hatte. Viele Verwandte und Freunde fanden sich ein, um Sibylle die letzte Ehre zu erweisen. Das machte es für Schreiner eher schlimmer. Als ihm Sibylles Freundinnen und Arbeitskollegen, die er zum Teil nur vom Sehen kannte, am Grab kondolierten, konnte er nur knapp seine Fassung bewahren. Er fühlte sich erschöpft, einsam und verlassen.

Schreiner spürte am offenen Grab, im Moment, als er mit der Schaufel ein wenig Erde auf Sibylles Sarg streute, ein paar Blumen hinterher warf, was Familienbande, was ihm die Beziehung zu seiner Frau bedeutete. Es war ein kurzer Moment nur, in dem sich alle Trauer, unendlicher Schmerz bündelte. Ein kurzer Moment, in dem alles wegbrach, mit schrecklichen Konsequenzen. Fürchterlich, diese Endgültigkeit. Noch am Grab schockierte ihn die bodenlose Traurigkeit, die Leere, die ihn in Beschlag nahm, sie tat entsetzlich weh. Wie benommen, unfähig sich zu verhalten, stand er da, schüttelte Hände. Hände, die ihm fremd vorkamen, obwohl er die dazugehörenden Personen kannte. Stand da und hörte gemurmelte Beileidsbekundungen, deren Worte er zwar verstand, ihn aber nicht erreichten, keinen Sinn ergaben.

Beim anschließenden Leichenschmaus fühlte sich Schreiner innerlich wie betäubt, wie nach einer Narkose, mechanisch wandelte er zwischen den Trauergästen herum, als ob er hinter einer Milchglasscheibe wäre. In einer irgendwie gearteten Zwischenwelt. Er wusch sich die Hände, das Gesicht und spürte nichts. Er beobachtete seinen Sohn, seine Schwiegereltern und Freunde, wie sie sich bei Tisch gedämpft unterhielten, wie sie klagten und auch weinten, und fürchtete, da nie mehr dazu zu gehören. Sie sprachen ihn an, versuchten, mit ihm ins Gespräch zu kommen, und erreichten ihn zwar akustisch, nicht aber emotional. Er fühlte sich weit weg, alle Sinnesreize durch einen Filter gebrochen und gleichzeitig Körpersensationen, Kreislaufschwankungen, die ganz nah schienen. Schreiner hatte Angst, dass dieser Zustand andauern, permanent werden könnte. So war ihm zumute.

Eines wurde ihm durch den Tod seiner Frau klar, dass letztlich jeder sein Leid alleine tragen, vor allem bewältigen musste. Mitten in einer großen Trauergemeinde von ungefähr achtzig Menschen fühlte sich Schreiner einsam, unendlich einsam. Wie ein Außenseiter, wie ein Fremder. Der Tod forderte Einsamkeit. Und ohne Vorwarnung, wie bei einem Schlag auf den Hinterkopf, spürte Schreiner, was Einsamkeit bedeutete. Im Moment hatte er keine Ahnung, wie alles weitergehen sollte. Nur eines wollte er: seinen im Krankenhaus gefassten Plan umsetzen. Wie, das wusste er nicht. Nur dass er es tun musste, das wusste er.

Sechzehn

Heinle traf sich mit seinem Mandanten im Konferenzzimmer des Hotel Ambassador. Auf der Tagesordnung standen die Prospekthaftungsklagen gegen die Securis Bank.

»Nach allem, was die Wirtschaftsprüfer herausgefunden haben«, sagte Dr. Klaus Schulzke, der Wortführer von ihnen, ein weit über die Stadt Berlin hinaus bekannter Herzchirurg, »scheint mir nur noch ein Weg offen, nämlich die Klage. Wir müssen es den Betrügern zeigen, die uns um unser Geld bringen wollen!«

Schulzke war ein nicht sehr großer, etwas korpulenter Mann mit rundem Gesicht und zu kurz geratenen Beinen.

»Das stimmt«, bejahte Heinle, ohne sich ein Gähnen verkneifen zu können. »Sie sollten der Bank ein Ultimatum setzen. Beispielsweise bis zum 31. Dezember 2004!«

Heinle war müde. Seit Wochen rannte er von einem Meeting zum nächsten. Traf sich mit Anlegern, verhandelte mit den Fondsgeschäftsführern sowie der Rechtsabteilung der Securis. Und gelegentlich schaute er auch noch bei Keller vorbei. Überall taten sich Schwierigkeiten auf: Die Anleger stritten vehement über die »richtige« Strategie. Seit geraumer Zeit schon. Die Klagewilligen meinten, dass alles andere als Klagen keinen Zweck mehr hätte. Die anderen Anleger wollten weiter verhandeln. Jede Seite nahm für sich in Anspruch, den erfolgreicheren Weg zu gehen. Die Bank, so schien es, brauchte nur abzuwarten, bis sich die Anleger selbst blockierten. Ihre Strategie schien aufzugehen. Der tief sitzende Streit schwächte die Anleger Tag für Tag mehr.

Beiläufig streute die Kanzlei Keller Gerüchte, dass die im Fonds gegebenen Garantiezusagen sittenwidrig seien. Und die Bank deshalb die Garantien nicht zu bedienen bräuchte.

Die Kapitalanleger verhielten sich, wie sich Anleger immer verhalten. Jeder schielte auf seinen eigenen Vorteil. Sie machten sich gegenseitig Vorwürfe: Wer mit Vertretern der Bank auch nur gesehen wurde oder sprach, wurde unter Generalverdacht gestellt, sich durch Arrangements, Vorteile erkaufen zu wollen. Seitenweise geisterten solche Anschuldigungen durch das Internet. Vor allem Beatrice Frei wurde heftig kritisiert. Ein Indiz dafür, wie blank die Nerven bei den älteren Herren lagen.

Der Fondsgeschäftsführer glänzte weiterhin durch Inkompetenz.

Die Bank verhielt sich wie Banken sich immer verhalten. Sie spielte auf Zeit. Trickste, finassierte und bluffte.

Und Keller verhielt sich auch erwartungsgemäß. Er versuchte taktisch zu retten, was strategisch nicht mehr zu halten war. Er gab Schritt für Schritt nach, bis er nicht mehr weiter konnte, wenn er nicht seine Macht, seinen Einfluss verlieren wollte.

Auch die beteiligten Anwälte verhielten sich angesichts solcher Klagesumme ihrer Zunft entsprechend: prozessfreudig. Ohne es zu merken, provozierten sie dadurch den Mann im Hintergrund. Vor allem seine Gegenwehr mit der Brechstange.

Heinle wirkte in den letzten Wochen und Monaten nicht nur müde, sonder auch lustlos, abgearbeitet. Er hatte keinen Biss mehr. Das war augenscheinlich. Warum drohte er gegenüber der Bank nicht mit viel mehr Nachdruck, dass die Anleger bald die Geduld verlieren würden? In letzter Zeit hatte man den Eindruck, als ob Heinle urplötzlich auch auf eine Verhandlungslösung aus sei. Lief da etwa eine Abmachung hinter dem Rücken der Anleger?, fragte sich nicht nur Schulzke. Oder hätte man sich nicht einen aggressiveren Anwalt mit mehr Prozesspraxis nehmen sollen? Oder fürchtete Heinle auf einmal, dass es ihm auch so ergehen könnte, wie seiner Kollegin Haug? Wozu er nach dem Mord an seinem Kollegen Läpple sicherlich allen Grund hatte. Oder hatte er sich etwa mit Keller arrangiert? Misstrauen war allüberall: Im Internetforum, bei den Versammlungen, bei den Anwaltstreffen. Jeder gegen jeden, das schien die Tendenz zu sein.

Trotzdem: Der Wunsch von Heinles Mandanten, die Betrüger in der Bank mit einem Prozess abzustrafen, war groß, dafür nahmen sie auch das hohe Kostenrisiko in Kauf. Um den Druck auf die Bank zu erhöhen, wurde Heinle beauftragt, bis spätestens 31. Dezember 2004 die Klagen gegen die Bank einzureichen.

Heinle ging mit forschem Schritt durch den Empfangsraum des Hotels, Schulzke im Schlepptau. Beide waren sicher, dass das Ergebnis der Zusammenkunft positiv zu werten war, denn endlich hatten sie sich gegenüber der Bank zu einer härteren Gangart durchgerungen. Jeder war in Gedanken versunken.

Beide sahen sie gleichzeitig. Beatrice Frei saß in der Lounge des Hotels. Ihr langes schwarzes Haar glänzte im Halogenlicht, das den Raum ausleuchtete. Sie trug ein weit ausgeschnittenes, rotes Kleid, das genug von ihr verbarg, um nicht aufdringlich zu wirken. Ihre Beine hatte sie so übereinander geschlagen, dass dennoch ein satter Teil ihrer schlanken Oberschenkel sichtbar wurde.

»Bea?«, sagte Heinle mit unüberhörbarer Überraschung in der Stimme. »Was machst du denn hier?

Ein oder zwei Mal die Woche trafen sich die beiden in letzter Zeit. Meistens besuchte sie ihn. In Stuttgart. Heinle waren diese Treffen manchmal zu viel. Er hatte dazu eigentlich keine Zeit. Hatte aber auch nichts einzuwenden gegen das Einmalige dieser »Amour fou«.

Dennoch fragte er sich, was sie denn heute in Berlin zu tun habe. Spionierte sie ihm etwa nach?

»Ist das nicht die Anlegerin, die den exzellenten Beitrag auf der letzten Versammlung geleistet hat? Haben Sie mit der denn was?«

»Ja, sie hat auch Anteile an dem Securis-Fonds Nr. Eins«, erwiderte der Anwalt sehr kühl und formal, ohne Schulzkes Frage direkt zu beantworten.

»Wenn sie mal einen Arzt braucht oder mit einem ausgehen will«, raunte ihm Schulzke mit kokettem Lachen zu, »können Sie gerne meinen Namen weitergeben.«

»Frau Frei hat keinerlei Herzprobleme!«, sagte Heinle unüberhörbar. So, als ob er sie vor Schulzke warnen wollte.

»Nichts für ungut, Herr Anwalt«, meinte der augenzwinkernd und starrte nochmals in Richtung Frei. »Vorsicht, ich kann nur warnen«, dozierte sein Begleiter und pochte Heinle auf die Brust, »diese Frau ist ein wandelnder Myokardinfarkt!«

Der Jurist schaute den Arzt fragend an. Dieser erklärte lakonisch, ohne sich ein Lachen verkneifen zu können: »Herzinfarkt, mein Lieber! Herzinfarkt!«

Siebzehn

Keller residierte in einem wilhelminischen Herrenhaus mit Sandsteinfassade, das durch seine klaren Linien bestach. Vor dem Haus standen zwei dunkle BMW-Limousinen, in denen düster dreiblickende Männer saßen und aufmerksam die Ankommenden musterten.

»Hier müssen wohl auch ganz hohe Tiere eingeladen sein!«, argwöhnte Heinle. »Wenn schon auf der Straße die Bodyguards warten!«

Das Anwesen war durch eine etwa zwei Meter hohe, weißgetünchte Mauer geschützt – vor neugierigen Blicken und gierigen Langfingern.

Wie üblich in den besseren Bezirken Berlins, gab es kein Namensschild am Eingang, nur eine Klingel am Tor. Nach der Anmeldung schnurrte das schwere Eisentor auf, wie von Geisterhand geöffnet. Es gab den Weg zum Parkplatz auf dem riesengroßen Grundstück frei. Eng an eng standen dort die nobelsten Erzeugnisse der Automobilindustrie. Ein Vermögen auf Rädern. Gemessen an der Anzahl schien der heutige Abend eine größere Festivität zu werden. Auf der Gartenseite des Hauses sah man Richtung Westen die Havel und Richtung Süden den Großen Wannsee. Und am Nachmittag so etwas wie einen herbstlichen Sonnenuntergang. Berlin at its best. Frei und Heinle befanden sich auf der Halbinsel Schwanenwerder.

»Phantastisch«, schwärmte Frei mit einer Naivität, die Heinle ihr gar nicht zugetraut hätte, »so eine Lage mit so einer Aussicht gibt es nicht einmal in Freiburg!«

Die »graue Eminenz« gab eine Party. Geschäftspartner aus Politik und Wirtschaft waren geladen. Seine Mitarbeiter aus der Kanzlei waren auch anwesend, aber eher Staffage. Wenn man aufmerksam genug hinschaute, konnte man erkennen, dass alle mit irgendeiner Aufgabe betraut waren an diesem Abend. Rattke, noch immer oder schon wieder in seinem grauen Anzug, sprach mit einer Gruppe älterer Herren, deren Berliner Lokalkolorit nicht zu übersehen war.

Was Frei und Heinle dort sollten, war ihnen nicht ganz klar. Sie vermuteten, dass Keller sie irgendwie in seine Strategie einspannen wollte. Wie er es immer tat. Oder wenigstens versuchte.

»Guten Abend Frau Frei, guten Abend Herr Heinle. Es freut mich, dass Sie die Zeit erübrigen konnten, heute auf unseren kleinen Empfang zu kommen«, begrüßte sie Keller mit einem charmanten, aber dennoch kühlen Lächeln. »Bitte fühlen Sie sich wie zu Hause!«

Heinle schaffte es, mit der Andeutung eines Lachens zu antworten.

Solche Treffen fanden offenbar in regelmäßigen Abständen statt, wie Insidern zu berichten wussten. Heinle hatte Frei gesagt, dass dieses Treffen ein unbedingtes Muss sei. Aber sie wäre sowieso hingegangen. »In der Höhle des Löwen«, wie sie sich ausdrückte, »fühle ich mich am wohlsten. Oder besser gesagt, ich habe überhaupt keine Scheu, dort hinzugehen!«

Das Haus war geschmackvoll, aber herkömmlich eingerichtet. Alles wirkte jedoch seltsam leblos. Als Frei in den Salon des Hauses trat, spürte sie die Gefühllosigkeit, mit der man bei der Einrichtung ans Werk gegangen war. An den Wänden hingen schwere Bilder alter Meister, die Seriosität signalisieren sollten. Das Wohnzimmer war mit irgendwelchen Antiquitäten voll gestellt, ohne erkennbares System. Hier eine alte Biedermeier-Kommode, dort ein altertümlich wirkender Beistelltisch und weiter hinten noch ein barock verzierter Spiegel.

Die Rückseite des Hauses wirkte weit weniger streng als die Vorderseite. Dort führte eine große Terrasse und englischer Rasen hinunter zum See, wo sich neben dem Steg ein Bootshaus befand. Und überall am Rand des Anwesens standen als Begrenzung Rosenstöcke, bei denen man meinen konnte, dass sie schon erste, zarte Blattknospen trieben. Obwohl das im November eigentlich unmöglich war. Die Frau des Hauses musste eine Vorliebe für Rosen haben.

Im Flur des riesigen Hauses war ein kaltes Büffet aufgebaut. In Reih und Glied standen dort die Schönen und die Reichen, oder zumindest diejenigen, die sich in Berlin dafür hielten, nach etwas Essbarem an. Und überall im Haus traf man auf dienstbare Geister, die Cocktails, Sekt oder Orangensaft verteilten.

»Ich liebe solche Partys«, meinte Frei zu Heinle gut gelaunt.

»Warum eigentlich? Das ist doch ziemlich steif und abgekartet hier. Alle schwänzeln um Keller herum, bemerkte er bissig. »Die Leute haben hier doch nur eines im Sinn: Dem Gastgeber zu schmeicheln, um irgendwelche Vorteile zu ergattern. Scheußlich!«

»Oh ja, das glaube ich auch« antwortete Frei. »Aber dieses Treiben hat für mich etwas Faszinierendes. Das Käufliche, das offensichtlich Käufliche. Dass Leute für ihren Vorteil alles machen. Das ist es, was mich reizt!«

»Mich reizt heute Abend aber etwas ganz anderes, Bea!«,

erwiderte Heinle mit süffisantem Lächeln und gab ihr einen Klaps auf den Po.

Ganz im Gegensatz zu Frei war er nicht besonders scharf auf solche Anlässe. Wenn irgendeiner der Anwesenden erfuhr, dass Heinle Rechtsanwalt war, konnte er sich kaum noch vor Fragen retten. Die affektierte Wichtigtuerei der Fragestellenden, der Small Talk mit den vielen Unbekannten und die Willfährigkeit der Angestellten, das alles hing ihm zum Halse raus.

»Ich glaube, da drüben steht Kellers Frau. Stell mich mal vor!«

»Soll ich?«, fragte Heinle.

Als er in Freis Augen tatenfrohes Funkeln sah, sagte er:

»Okay. Gehen wir hin!«

Die Gastgeberin trug ein elegantes Kostüm aus lindgrüner Seide, das schlicht, aber sehr teuer aussah. Es war ziemlich kurz, der Rock endete mindestens einen Handbreit über den Knien. Vielleicht ein wenig zu viel für ihr Alter, Mitte fünfzig dürfte sie schon sein, dachte sich Frei, eine Frau, die zu Exaltiertheit neigt. Sie unterhielt sich mit irgendeinem Paar, das in Berlin etwas gelten musste. Denn alle Gäste schauten immer wieder verstohlen, aber mit neugierigen Blicken in Richtung Kellers Frau und deren Gesprächspartner.

Kurz bevor sie bei ihr waren, kam auch noch Keller zu der Runde.

»Frau Frei, Herr Heinle, ich glaube, Sie kennen meine Frau noch nicht!«, sagte er.

»Mathilde, das ist Frau Frei, eine wichtige Fonds-Anlegerin und Herr Rechtsanwalt Heinle aus Stuttgart.«

»Guten Abend«, entgegnete sie mit wohl distinguierter Stimme und schüttelte ihnen die Hand. »Es freut mich, Sie heute Abend hier bei uns begrüßen zu dürfen!«

Nach dieser ziemlich hölzern wirkenden Begrüßungsformel wendete sie sich wieder dem Promi-Paar zu. Nicht ohne ein sprödes Lächeln zu vergessen. Das war's. Hier wurden Prioritäten gesetzt.

Keller tätschelte Beatrice Frei leicht am Unterarm und sagte:

»Frau Frei, wir beide sollten uns mal in aller Ruhe unterhalten, wie das mit Ihrer Beteiligung an dem Fonds weitergehen kann. Einverstanden?«

Sie lächelte wegen der überraschenden Geste, klimperte gekonnt mit ihren Augenlidern und säuselte vertraulich:

»Sicher. Ich bin noch zwei Tage hier in Berlin. Wir sollten einen Termin vereinbaren!«

»Aber bitte nicht heute Abend. Meine Frau wäre ganz schön sauer, wenn ich jetzt meinen Terminkalender holen würde! Und das noch für so eine hübsche, junge Frau!«

Keller war von seiner Gesprächspartnerin fasziniert, nahm sie leicht in den Arm und drückte sie für einen Außenstehenden nicht erkennbar an sich. Fast flüsternd sagte er:

»Ich rufe Sie morgen Früh gegen zehn Uhr an, in Ordnung? Oder vielleicht sollten wir …. In einer halben Stunde hätte ich Zeit für Sie? Kommen Sie bitte ins Kaminzimmer, neben dem Bad, rechts. Dort sind wir ungestört!«

Keller lächelte seiner Gesprächspartnerin schelmisch zu, drehte sich dann aber zu Heinle um:

»Ich habe gehört, dass Sie immer noch vor haben zu klagen, Herr Heinle. Auch wir sollten uns mal in aller Ruhe unterhalten und zu einer Regelung für Ihre klagewilligen Anleger kommen!«

»Ja, es ist jetzt schon viel Zeit ins Land gegangen und die Bank rührt sich nicht. Aber wenn sie uns endlich ein ordentliches Angebot macht, bin ich der Letzte, der nicht auf den Gang zum Kadi verzichten würde, Herr Keller!«

Der alte Fuchs lächelte süffisant:

»Sehen Sie, Herr Heinle, man muss nur zusammen kommunizieren. Vernünftige Leute sollten vernünftig miteinander reden, dann kriegen sie schon Regelungen hin, die alle befriedigen!«

»Hoffentlich, hoffentlich, Herr Keller«, entgegnete er mit Nachdruck, ohne seine Zweifel aus der Stimme zu nehmen.

Die Party wurde lebhafter, überall in den zugänglichen Räumen standen kleine Gruppen und diskutierten. Manche über das phänomenale Anwesen des Gastgebers, manche über dessen Geschäftstüchtigkeit. Bei beiden Gruppen verstummten die Unterhaltungen schlagartig immer dann, wenn jemand Neues hinzukam. Heinle konnte in so einer Runde gerade noch aufschnappen: »Keller weiß eben ganz genau, wo der Frosch seine Locken …!«

Manche und die waren sicherlich alle aus der Politik diskutierten lautstark, und ohne Scheu, über die finanzielle Situation in Berlin. Heinle schnappte immer wieder Gesprächsfetzen auf:

»Berlin ist eigentlich pleite!«

»Auch uneigentlich, mein Lieber. Wie viel Milliarden sind es denn, fünf oder fünfeinhalb?«

»Nein, es sind 54 Milliarden! Aber das ist sowieso nur

noch eine zusätzliche Null bei einer Zahl die eh' schon acht Nullen hat.«

»Mittlerweile haben sich bei der Securis uneinbringbare Kredite in einer Höhe von 14 Milliarden Euro angehäuft. So munkelt man jedenfalls in den Kreisen, die normalerweise als gut unterrichtet gelten!«.

»Wie kam es denn dazu?«, fragte eine junge, sehr attraktive Frau ganz naiv. Jetzt war ihr Begleiter dran:

»Ganz einfach. Auch unser Gastgeber spielte mit seinen Kumpanen Monopoly. Sie taten so, als ob mit Ostberliner Plattenbauten, als ob mit herunter gekommenen Einkauf-Centern, Mieten wie in der ›Schlossallee‹ erzielt werden könnten. Man rubbelte Immobilien aller Art zu vermeintlichen Goldgruben um!«

»Sag bloß, stimmt das? Und keiner hat etwas gemerkt?«

»Doch. Aber alle spielten, stillschweigend, mit: Die Banker, die Bankenaufsicht, die Politiker erst recht! Und alle haben davon stillschweigend profitiert!«

Heinle begann sich zu amüsieren. Überall das gleiche Thema, der Bankenskandal. Die Berliner Szene aus Politik, Wirtschaft und Untergrund schmachtete im eigenen Saft. Aufmerksam hörte er bei den Gesprächsrunden zu. Wanderte von Gruppe zu Gruppe, warf hier und dort auch mal etwas in die Diskussion ein.

Plötzlich fiel ihm auf, dass seine Begleiterin nirgends zu sehen war. Mindestens seit einer Stunde war sie weg! War sie vielleicht schon gegangen, ohne ihn?

»Mensch, Bea, wo warst du denn so lange?«, fragte Heinle ziemlich missvergnügt, als sie wieder auftauchte.

»Ach, ich hab' mich ein bisschen mit Keller unterhalten«, sagte sie, während sie ihren Rock glatt strich und ihr langes Haar in Facon brachte.

»Was gab's denn so Spannendes mit ihm zu bereden?«

Er war konsterniert, dass seine Begleiterin mit Keller solange allein gewesen war.

»Du weißt ja, mich fasziniert die Käuflichkeit! Ich hab' mir mal die Angebote angehört!«

»Nein, das kann doch nicht wahr!«, brummelte Heinle bärbeißig.

»Doch, ist doch nicht verboten, oder?«

Heinle fragte sich, mit was für einer Frau er sich denn da eingelassen hatte, sagte aber:

»Kannst du mich aufklären, was er dir angeboten hat?«

»Nein«, antwortete sie kühl. »Wir haben Stillschweigen vereinbart!«

»Und ich glaubte, wie wären ein Team!«

Heinle machte einen verlorenen Eindruck. Schlagartig wurde ihm bewusst, wie falsch er mit dieser Annahme lag.

Achtzehn

»Sag mir, bin ich wie die anderen Frauen in deinem Leben?«

Nein, das bist du wahrlich nicht«, antwortete Heinle mit spöttischem Ton und einem süffisanten Lächeln. »Du bist die Rücksichtsloseste, die ich je kennen gelernt habe!«

Frei hatte etwas an sich, das ihn herausforderte, sie ständig irgendwie zu provozieren. Vielleicht war es ihr untrüglicher Egoismus, vielleicht ihre unberechenbare Eigenständigkeit oder aber auch diese Kälte, die manchmal spürbar von ihr ausging. Sie bewirkte bei ihm eine Art Beißreflex, von dem er gar nicht gewusst hatte, dass er ihn besaß. Und Reflexe sind schwer zu steuern. Zumal für Verliebte. Und Heinle war verliebt.

Tränen standen ihr in den Augen. Aber heulen konnte sie nicht in der Lounge des Primetime Hotels in Stuttgart.

»Warum musst du gerade jetzt meine Schwachstelle ansprechen? Ich hoffte, wir könnten eine schöne Nacht miteinander verbringen.«

Heinle war perplex. Er hatte nicht geahnt, dass er mit seiner Bemerkung einen wunden Punkt von ihr treffen würde. Er nahm sie in den Arm und drückte sie an sich. »Lass uns in der Bar noch etwas trinken!«

»Okay, aber keine Verbalinjurien mehr, abgemacht?«

Auch sie war verliebt. Und mehr noch. Für Frei war Heinle so etwas wie eine Droge. Sie war regelrecht süchtig nach ihm. Selbst wenn sie nicht mit ihm zusammen war, wenn sie an ihrem Schreibtisch in Freiburg saß und sich auf ihre Arbeit konzentrierte sollte, musste sie ständig an ihn denken: an den salzigen Geruch seines Körpers, seine männlich behaarte Brust, seine stimulierende Zunge, sein fleischiges Geschlechtsteil.

Sie gingen in die Hotelbar und bestellten sich Getränke. Heinle prostete ihr zu und nahm sie in den Arm. Nach einer halben Stunde Small-Talk über die jeweiligen Arbeitsbereiche, drängelte Frei. Sie wollte auf ihr Zimmer gehen. Mit ihm.

Heinle umarmte sie. Begann mit spielerischen Liebkosungen und sie spürte seine Wärme, seine feuchte Zärtlichkeit. Jetzt konnte sie sich ihm nur noch hingeben. Alles schien möglich in dieser Beziehung. Und alles unmöglich.

Wenn sie mit Heinle im Bett lag, war sie nicht mehr die von allen geachtete Beatrice Frei, die erfolgreiche badische Unternehmerin. In seinen Armen war sie wie ein Kind. Hilflos. Ihr Liebesspiel war bisweilen spielerisch, meistens unersättlich, jedes Mal aber wollüstig, und das schien ihr jeden Preis wert zu sein. Selbst den der sexuellen Hörigkeit. Sie tat, was er von ihr verlangte. Willenlos. Schon in der ersten Nacht in Berlin war das so gewesen.

Ihre Affäre mit Heinle war ausweglos. Zumindest für sie. Das wurde ihr immer klarer. Das spürte sie überdeutlich. Sich von ihm zu lösen, sich aus der sexuellen Hörigkeit zu befreien, erschien ihr unmöglich. Zumindest unter normalen Umständen. Aber ganz gleich, wie unheilvoll, wie selbstzerstörerisch die Beziehung zu Heinle auch war; sie wollte, nein, sie konnte sie nicht beenden.

Neuzehn

»Herr Heinle, schön dass wir uns einmal ganz ungestört unterhalten können!«, begrüßte ihn Keller mit falschem Lächeln im Gesicht. Keller erwähnte mit keinem Wort Heinles Strafanzeige gegen ihn und die Bankchefs. Sie trafen sich in Berlin, in Kellers Büro, um über die Bedingungen des Ausstiegs seiner Mandanten aus dem Fonds Nr. Eins zu verhandeln. Jeder hatte eine Tasse Kaffee vor sich. In der Mitte des Tisches stand ein Teller mit Keksen.

»Bitte bedienen Sie sich, Herr Heinle!«

»Tja, Herr Keller, meine Mandanten drängen darauf, dass die Bank ein Angebot macht. Ansonsten …!«

»Herr Heinle, Sie werden die Anleger doch noch zur Vernunft bringen können, ja?«

»Klar, wenn die Bank ein vernünftiges Angebot macht, sind viele bereit, sich außergerichtlich zu einigen. Ich übrigens auch. Ich setze mehr auf eine einvernehmliche Lösung!«

»Schön, Herr Heinle, ganz meine Meinung!«

Keller lachte gepresst, rückte nervös auf seinem Stuhl hin und her. Verlegenes Schweigen. Keiner der beiden wollte zuerst irgendein Angebot abgeben. Heinle räusperte sich.

»Ja, Herr Heinle …!«

»Tja, das derzeitige Angebot, ich habe von 80 % Rückzahlung auf die Einzahlungssumme gehört, das wird keiner meiner Mandanten akzeptieren.«

»Nein, Herr Heinle, das ist aber schlecht. Ich glaube nicht, dass wir weit über 80 % kommen werden! «

»Herr Keller, das muss noch ein bisschen mehr werden!«

Heinle zögerte seine Worte beinahe unendlich lang hinaus. Er wollte Keller aus der Reserve locken. Keller schien heute irgendwie nervös zu sein. Deshalb war Heinles zögerliche Haltung sicherlich nicht verkehrt.

»Herr Heinle, unter uns, mal im Vertrauen gesprochen«, sagte Keller vieldeutig, »wenn wir zu einem Abschluss bei 80 % kommen, soll das bestimmt nicht ihr Nachteil sein!«

»Wie soll ich das denn verstehen?«, fragte Heinle, jetzt den Unbedarften spielend.

»Aber, Sie verstehen mich doch ganz genau! Kurzum, ich mache Ihnen ein Angebot: Bei 80 % Abfindung bekommen Sie persönlich eine Prozessgebühr gutgeschrieben!«

Heinle lächelte verschmitzt. Er gab Keller das Gefühl, dass er ihn soeben gekauft hatte. Was aber falsch war. Der Stuttgarter Anwalt wusste jetzt, warum er den ganzen Stress mit den Fondsklagen auf sich genommen hatte. Er konnte einfach nicht mitspielen, wenn es nicht mehr um einen angemessenen Ausgleich von Interessen, um so etwas wie Gerechtigkeit ging, sondern nur noch um Geld, Intrigen und Macht. Das war er nicht gewohnt aus seiner anwaltlichen Tätigkeit. Er war nicht käuflich. Natürlich ging es bei allen Firmen, die er als Mandanten hatte, um Geld, aber nicht zuletzt auch um einen Interessenausgleich. Hier sollten nur noch einseitige Interessen durchgesetzt werden. Auf dem Rücken der Anleger. Das wollte er nicht mittragen. Hierfür wollte er sich nicht verbiegen!

»Nein, Herr Keller, da mache ich nicht mit! Legen Sie die eine Gebühr auf das Angebot für die Zeichner drauf und geben Sie denen 100 % zurück!«

»Aber, Herr Heinle, Sie wissen doch genau, dass Ihre Gebühr nicht zwanzig Prozent eines Zeichneranteils ausmacht! Wir müssen da schon drunter bleiben!«

Keller war wütend geworden. Wie er es eigentlich immer wurde, wenn jemand nicht ruckzuck seinen Vorstellungen folgte. Trotzdem versuchte er nochmals einen Anlauf:

»Herr Heinle, könnten Sie denn Ihre Mandanten für 85 % begeistern?«

»Herr Keller, ich komme mir wie auf einem orientalischen Bazar vor!«

»Na gut«, wenn Sie nicht wollen«, entgegnete ihm Keller voll Ärger, »Ihre Mandanten werden schon noch sehen, was sie von einem störrischen Verhandlungsführer haben!«

»Soll das eine Drohung sein, Herr Keller?«

Der Stuttgarter Anwalt hatte sich in seinem Sitz ziemlich weit nach hinten gelehnt, um Gelassenheit zu zeigen. Er machte einen entspannten Eindruck, was Keller umso mehr reizte.

»Auch Sie, Herr Heinle, auch Sie werden noch mitkriegen, was es bedeutet, nicht kooperativ zu sein!«

Zwanzig

»Frau Frei, schön, dass Sie heute zu mir kommen konnten. Wir können in aller Ruhe die Situation Ihres Fonds durchsprechen und werden sicherlich zu einer für beide Seiten akzeptablen Lösung kommen! Wollen wir zum Mittagessen ins Provencal gehen? Ein hervorragendes Restaurant. Dort machen Sie einen exzellenten Kalbsbraten. Den besten außerhalb Frankreichs!«

Kellers Augen strahlten, als er Frei diesen Vorschlag machte. Er hatte der jungen Frau extra um elf Uhr fünfundvierzig einen Termin gegeben, dass er mit ihr Essen gehen konnte. Normalerweise verhandelte er nicht mit einzelnen Anlegern. Das erledigten seine Untergebenen. Allenfalls mit Rechtsanwälten, die entsprechend viele Anleger als Mandanten hatten. Bei Frei machte er eine Ausnahme.

»Gute Idee, Herr Keller, ich bin schon ganz schön hungrig!« Frei lächelte verführerisch. Sie spielte ihre Attraktivität bei Keller aus und war sich sicher, den mächtigen Herrn bereits um den Finger gewickelt zu haben.

»Hätten Sie etwas dagegen, wenn wir mit meinem Wagen dorthin fahren«, fragte Keller.

»Nein, gerne!«

Er gab noch einige Anweisungen an seine Sekretärinnen und dann machten sie sich auf den Weg ins Provencal.

»Frau Frei, wie kommt eine so schöne Frau, wie Sie, dazu, sich mit Immobilienfonds zu beschäftigen?«

»Tja, was glauben Sie denn, Herr Keller?«, erwiderte sie schelmisch.

»Ich denke ganz einfach, dass Sie viel Geld haben und dies möglichst günstig anlegen wollen!«

»Richtig.«

Frei wollte ihn schon fragen, ob sie denn in einem Ratequiz seien. So kam sie sich vor. Ihm schien dieses Frage- und Antwort-Spiel dagegen mächtig Spaß zu machen.

»Aber warum verschwenden Sie Ihre Zeit mit so etwas Langweiligem wie den Gesellschafterversammlungen?«, fragte er weiter. Mit der Selbstsicherheit eines einflussreichen Mannes.

»Tja, da haben Sie Recht. Ich könnte mir auch etwas Schöneres vorstellen!«

Sie trug heute ein einfaches schwarzes Kostüm mit weich fallender Jacke über einer hauchdünnen Bluse. Unter der Bluse blitzte ein schwarzer Spitzenbüstenhalter hervor.

Keller berührte beim Fahren die junge Frau leicht an ihrem Unterarm. Es schien unabsichtlich, war aber in voller Absicht geschehen. Die Geste kam so unerwartet, dass sie kicherte und ihm tief in die Augen blickte.

Er erhaschte einen dezenten Hauch ihres exotischen Parfüms – sinnlich, anziehend….

»Vielleicht, liebe Frau Frei, habe ich ein gutes Angebot für Sie?«

Das Restaurant Provencal lag in Dahlem, einem noblen Außenbezirk Berlins. Die Fahrt dauerte ungefähr vierzig Minuten. Kurz vor ein Uhr betraten sie das Restaurant. Gleich am Eingang kam ihnen ein Ober entgegen und nahm die Mäntel in Empfang.

»Welchen Tisch haben Sie denn auf den Namen Keller reserviert?«, Kellers schnoddriger, leicht überheblicher

Tonfall passte nicht zu dem Ambiente. Aha, dachte Frei, der hat schon ohne zu wissen, ob ich mitgehe, bestellt. Das verbessert meine Ausgangsposition!

»Wenn ich die Herrschaften bitten dürfte, wir haben für Sie, wie gewünscht, den Platz am Kamin reserviert!«

»Frau Frei, ist es Ihnen hier angenehm?«

»Ja, schönes Restaurant haben Sie hier!«

Frei saß schon und musterte ihre Umgebung. Tischtuch und Servietten waren schneeweiß, aus feinem Damast, die Möblierung vornehm dezent. An den cremefarben tapezierten Wänden hing abstrakte Malerei in unaufdringlichen Farben. Das Restaurant war voll, alles betuchte Leute. Das sah man ihnen an. Keller nickte einem Tisch zu, wo zwei ältere Herren in stahlblauen Anzügen saßen, und formte seine Lippen zu einem: »Guten Tag«.

»Beim Essen, Frau Frei«, verkündete er mit Nachdruck »wähle ich immer nur das Beste!«

Gerade als er das sagte, piepte irgendwo in seiner Anzugstasche, tief vergraben, sein Telefon.

»Entschuldigung, aber die Pflicht ruft«, tat Keller geschäftig, bevor er sich das Handy ans Ohr klemmte und ziemlich laut seine Anweisungen gab. Die Gäste an den Nachbartischen fühlten sich gestört, wie Frei bemerkte. Sie bemerkte aber auch, dass die beiden Bekannten von Keller immer wieder mal zu ihr rüberschielten.

Nach einem Blick auf die Weinkarte, die ihnen der Kellner mit ausholender, etwas übertriebener Geste überreichte, bestellte Keller eine Flasche Chablis, Jahrgang 1998, und eine große Flasche Perrier.

»Ein ganz vorzüglicher Tropfen«, urteilte er mit Kennerblick. Oder war es ein Dackelblick? Frei war sich nicht ganz sicher.

»Ob der mit einem Kaiserstühler mithalten kann?« warf sie ein und kicherte wie ein Schulmädchen.

»Wie war Ihre Reise? Sind Sie mit dem Wagen hier hergekommen?«, fragte er. Frei fühlte sich schon wieder beim Ratequiz. Auch dieses Mal machte sie gute Miene zum langweiligen Spiel. Hoffentlich kommt der noch aus seiner Reserve raus und spielt nicht das ganze Essen über den Unschuldigen vom Lande.

»Nein, ich bin bis Stuttgart gefahren und habe von dort aus den Flieger genommen. Das ist nicht so anstrengend. Ich will mir meine Kraft lieber für die Verhandlungen mit Ihnen aufheben!«

»Aber, Frau Frei, ich bitte Sie …!«

Nachdem der Kellner einen Korb mit Baguette und ein Schälchen Kräuterbutter serviert hatte, schauten sie sich die Speisekarte an.

»Ich würde Ihnen den Kalbsbraten empfehlen. Wunderbar! So einen haben Sie sicherlich noch nicht so oft gegessen!«

Kann mir der überhebliche Typ nicht einmal beim Essen freie Auswahl lassen, dachte die junge Frau, lächelte ihn aber charmant an.

»Ich darf aber mal schauen, was die Karte sonst noch alles zu bieten hat!«

»Selbstverständlich Frau Frei…!«

Ohne abzuwarten, gab Keller seine Bestellung auf:

»Ich nehme den Kalbsbraten und als Vorspeise Escargots à la Bourguignonne!«

Nachdem der Kellner sich das geschäftig notierte hatte,

blickten beide erwartungsvoll zu Frei. Sie war schon wieder wo ganz anders. Dieser Schnösel urteilte sie, hat noch nicht einmal Manieren. Der hätte doch mir den Vortritt bei der Bestellung lassen müssen. Aber der ist das wohl nicht mehr gewöhnt, die zweite Geige zu spielen.

»Ich schließe mich dem Wunsch meines Vorredners an, wenn ich darf! Als Vorspeise hätte ich gerne die Écrevisses à la Créme!«

»Selbstverständlich, gnädige Frau!«

»Selbstverständlich« echote Keller hinterher.

Um die peinliche Situation wieder zu bereinigen, hob er das Glas:

»Auf Ihr Wohl, Frau Frei, und auf gute Verhandlungen!«

»Danke, Herr Keller. Ich glaube schon, dass wir heute zu einem guten Ende kommen!«

Als der Wein den Gaumen von Frei kitzelte, wurde ihr wohler zumute. Vielleicht muss ich dem Saftsack heute noch ein wenig mehr bieten, vermutete sie und lächelte in sich hinein.

»Nicht schlecht, der Wein, Herr Keller. Aber Sie sollten mal unseren Kaiserstühler probieren!«

Sie prosteten sich zu. Sie sah ihm in die Augen und glaubte, einen kalten Funken von Ablehnung darin zu erkennen. Deshalb lenkte sie die Unterhaltung wieder aufs Geschäftliche.

»Herr Keller, sie sprachen von einem Angebot für mich?«

»Nun, Frau Frei, in Absprache mit den Fondsgeschäftsführern möchten wir Ihnen folgendes Angebot machen: Den Betrag für den Fonds, den Sie gezeichnet haben, buchen wir auf ein festverzinsliches Konto zu 85 % um und garantieren Ihnen für die nächsten fünf Jahre 3 % Festgeldzinsen!«

Ihr Gegenüber reckte seinen Kopf, wie ein stolzer Gockel, so, als ob er ihr gerade das Jahrhundertangebot gemacht hätte.

»Verstehe ich Sie richtig, Herr Keller. Sie und der Fonds wollen mir 85 % meiner Fondsanlage zurückgeben? Und was passiert mit den restlichen 15 % und zusätzlich mit den 5 % Agio auf den Ausgabepreis?« Frei musste gar nicht erst versuchen, einen mürrischen, unzufriedenen Eindruck zu hinterlassen.

»Aber das ist doch ein Angebot!«

»Nein, wenn das Ihr letztes Wort sein sollte, werde ich gerade noch meine Vorspeise einnehmen und dann gehen!«

»Aber, aber, Frau Frei. So schnell schießen nicht mal die Preußen!«, empörte sich Keller.

In diesem Moment brachte der Kellner die Vorspeise.

»Ihre Schnecken scheinen gut zu sein!«, sagte sie vorsichtig in Richtung ihres Gesprächspartners.

»Ihre Krebse aber auch!«

Während beide ihre Vorspeisen genüsslich aßen, schwiegen sie. Keller prostete seiner Tischpartnerin einmal zu. Aber sonst kein Wort.

Kaum hatte der Kellner die Vorspeisenteller weggeräumt, beiden noch etwas Wein nachgegossen, ergriff Frei die Initiative erneut:

»Herr Keller, wo waren wir stehen geblieben?« War Ihr Angebot nicht so, dass die Bank meine Zeichnungssumme in eine festverzinsliche Anlage zu 4,5 % umbucht, so lange bis die zehn Jahre Spekulationsfrist vorüber ist. Und waren die Konditionen nicht 105 %?«

Kellers Gesichtszüge schienen zu entgleisen. Auf alle Fälle drückten sie größtes Missbehagen aus. Ein anderer Keller saß ihr gegenüber. Er hatte jetzt etwas Lauerndes an sich. Seine Augen verengten sich, wie bei einer Katze, die Gefahr wittert, seine Stirn schlug Falten, und seine Frage, was Frei zu dieser Einschätzung bringen würde, hörte sich grantig an.

»Herr Keller, um diese Spielchen abzukürzen und um nachher in aller Ruhe, das Essen genießen zu können, falle ich einfach mal mit der Tür ins Haus. Obwohl das normalerweise nicht meine Art ist: Falls die Bank oder der Fonds oder auch Sie, mir ist es egal wer, nicht meine gerade genannten Konditionen akzeptiert, werde ich Rechtsanwalt Heinle den Auftrag geben, für mich zu klagen!«

»Aber, aber Frau Frei!« tat er entrüstet, wegen der Unverblümtheit, die seine Tischnachbarin an den Tag legte. »Wir sollten doch wenigstens….«

»Nein, Herr Keller. Das ist mein letztes Wort!«

Der Ober erschien mit einem Servierwagen und dem köstlich dampfenden Kalbsbraten, drei delikaten Medaillons, mit einem Hauch von glasig gedünsteten Schalotten, sautierten Brokkoliröschen und frischen Champignons. Als die Teller vor ihnen standen, antwortete Keller abschließend:

»Frau Frei, ich werde ihre Konditionen der Bank vortragen. Ich kann Ihnen nicht versprechen, ob sie akzeptiert werden. Falls ja, bitte ich Sie aber, dass Sie dies diskret behandeln! Kein Wort davon auf den Versammlungen! Einverstanden?«

»Herr Keller, da ich nicht gerne unverrichteter Dinge wieder nach Freiburg fahre, meine Frage: Wann kann ich denn mit einem Ergebnis aus der Bank rechnen!«

»Ich hoffe bald«, entgegnete er mit übertrieben geduldiger Stimme, schien aber ziemlich genervt zu sein, »aber versprechen kann ich Ihnen gar nichts!«

Frei schlug jetzt einen verträglicheren Ton an, klang nicht länger arrogant, sondern einlenkend:

»Ich bin mir gewiss, dass, wenn bloß wir beide an den Verhandlungen beteiligt wären, wir uns auf alle Fälle einigen würden. Ich wäre auf jeden Fall dazu bereit!«

Dabei sah sie ihn über den Rand ihres Weinglases an, ein verheißungsvolles Lächeln schenkend. So war sie einfach hinreißend. Auch Keller bemerkte die veränderte Situation. Er lächelte siegessicher und schien sich auf einmal wieder gut zu fühlen.

»Möchten Sie zum guten Schluss noch ein bisschen Käse?«

»Nein, sehr nett, aber ich muss auf meine Figur achten!«

»Jetzt machen Sie mal halblang. Sie haben doch keine Probleme mit der Figur. Wenn ich Sie so anschaue!«

Er ließ unverhohlen seinen Blick von oben bis unten über die junge Frau gleiten. Wie in einem Scanner, wie leiblich abgetastet, fühlte sie sich.

»Frau Frei, ich möchte Ihnen einen Vorschlag machen. Wir fahren jetzt in mein Büro. Ich telefoniere mit den entscheidenden Figu .... äh ... Personen beim Fonds und bei der Bank. Und dann machen wir einen Vorvertrag über Ihren Ausstieg! Einverstanden?«

»Zu meinen Konditionen immer, Herr Keller!« Frei

versuchte, gewinnend zu lächeln, was ihr normalerweise nicht schwer fiel. Aber heute war das alles irgendwie anders. Ihr Gegenüber war ein schwerer Brocken bei Verhandlungen. Das spürte sie.

»Nun gut, ich werde sehen, was sich machen lässt!«

Keller versuchte während der Rückfahrt, mit seiner Begleiterin zu flirten. Und die ließ sich darauf ein.

»Herr Keller, wenn Sie gelegentlich nach Freiburg kommen, sollten Sie mich unbedingt besuchen! Dann gehen wir dort mal Essen!«

»Gerne, mit großem Vergnügen!«

»Leben Sie dort mit ihrer Familie?«

»Nein, ich bin allein stehend!«

»Was, eine so attraktive Frau, wie Sie, ist allein stehend?«

»Nein, mein Mann ist vor ungefähr einem halben Jahr bei einem Autounfall ums Leben gekommen!«

»Oh, das tut mir aber Leid! Entschuldigen Sie meine Frage, meine Zudringlichkeit.«

Kinoreif verdrückte Frei eine Träne und war sich sicher, dass sich ein bisschen Rührung immer gut macht.

In seiner Kanzlei angekommen, gab er seiner Sekretärinnen Anweisung, dass er in keinem Fall gestört werden wollte.

»Machen Sie mir mal eine Verbindung zu Herrn Bellinger von der Bank und Herrn Sälzer vom Securis-Fonds! Und bringen Sie uns bitte Kaffee und Wasser!« Sein Befehlston zu seiner Sekretärin war unüberhörbar. Frei wunderte sich: Will der mir immer noch imponieren?

»Frau Frei, bitte nehmen Sie Platz. Ich werde kurz die

Telefonate führen und dann werden wir sicherlich den Vorvertrag machen können!«

Die Tür ging auf und die Sekretärin brachte Kaffee und Mineralwasser. Sie goss beiden ein und verschwand lautlos wieder.

Keller tat geschäftig, als er telefonierte. In den Sprechpausen lächelte er ihr immer wieder mal zu, was sie mit einem diskreten Kopfnicken und freundlicher Zustimmung quittierte.

»Tja, Frau Frei, so schnell geht das alles nicht. Die Herren wollen sich noch beraten!«, bemerkte er sichtlich gut gelaunt.

»Ich wollte aber heute Abend nicht unverrichteter Dinge abfahren. Wenn es nötig sein sollte, bleiben wir hier die ganze Nacht, bis die Verhandlungen zu einem guten Ende kommen!«

Frei zwinkerte Keller anmutig zu und strich sich lasziv die Haare nach hinten.

»I'll try hard to do my best!«

»Hoffen wir's, hoffen wir's, Herr Keller!«

Genau um neunzehn Uhr fünfundvierzig übergab er ihr einen von Zuarbeitern formulierten Vorvertrag über ihren Fondsausstieg. Exakt mit ihren Konditionen.

»Hier, Frau Frei, wenn Sie den Vertrag mal lesen möchten!«

Im letzten Absatz wurde allerdings das Abschalten ihres Internetforums und absolutes Stillschweigen vereinbart.

Das Internetforum, so munkelten die gut unterrichteten Kreise, war der eigentliche Grund, warum ihr eine Sonderlösung angeboten wurde. Es war der Bank ein Dorn im Auge, dass im Internet für jeden zugänglich sämtliche Unregelmäßigkeiten bei den Fonds nachgelesen werden konnten. Bereits nach einem Vierteljahr hatten Freis Webseite mehr als dreißigtausend Leute angeklickt, über zweitausend Einträge waren dort gemacht worden. Für die Fondszeichner eine ideale Kommunikationsmöglichkeit. Hier konnten sie ihre Strategien absprechen. Hier konnten Allianzen geschmiedet und Drohpotential gegenüber der Bank aufgebaut werden.

Diese Vertragsbedingung war für sie überhaupt kein Problem. Auch das Stillschweigen nicht. Frei war egoistisch genug, um sich nicht auch noch Sorgen um die anderen machen zu müssen. Ihre bisherigen Mitstreiter, auch Heinle als Anwalt der Anleger, konnte sie augenblicklich mit einem müden Lächeln vergessen.

Die Welt für Beatrice Frei schien wieder in Ordnung zu sein. Aber da täuschte sie sich gewaltig.

Einundzwanzig

Zur gleichen Zeit, als Frei mit Keller im noblem Provencal den Kalbsbraten genoss, starrte Hartmut Schreiner dumpf in sein Bierglas. Am anderen Ende der Stadt, in Neukölln, ganz hinten in der Hermannstraße. Dort, wo die Häuser zerfielen und das Quartiermanagement von »Problemkiez« sprach. Er starrte nicht so sehr sein eigenes, deprimierendes Spiegelbild an. Viel eher blickte er in die Ferne, sah die Vergeblichkeit, die ihm seit dem Tod seiner Frau die Seele auffraß und die verloren gegangene Hoffnung, jemals wieder festen Boden unter die Füße zu bekommen.

Schreiner war ein gebrochener Mann. Seit dem Tod seiner Frau bei dem Autounfall auf der B 96. Zum Jahresende war ihm gekündigt worden. Die Firma, bei der gearbeitet hatte, war bankrott gegangen. Jetzt saß er zu Hause, bummelte Überstunden und Resturlaub ab und grübelte, trank viel Bier und Schnaps, aß wenig. Schlief schlecht. Und wenn er nach langen Wachphasen endlich eingeschlafen war, so wie heute Nacht, dann träumte er von dem Unfall.

Schreiners Augen waren vom ständigen Alkoholkonsum stark gerötet. Sein Körper zeigte Erschöpfungsspuren.

Schreiner sah keine Hoffnung mehr. Er zermarterte sich mit Selbstvorwürfen: Hätte ich Sibylle nicht vorgeschlagen, dass wir nach Gransee fahren, dann säße sie heute noch neben mir! Ich, Idiot, bin an allem Schuld!

Das Einzige was ihn noch am Leben hielt, war sein unsäglicher Wunsch, Rache zu nehmen. Vergeltung an denen zu üben, die den Tod seiner Frau verschuldet hatten. Wer das war, das war für ihm mittlerweile klar geworden. Keller und die ganze Mafia von der Bank.

Das hatte er im Archiv der Rundschau gelesen, das hatte selbst ein Staatsanwalt vermutet. Schreiner hatte sich die Autonummer des gestohlenen BMW gemerkt – B-R-8143 –, nach der ihn der Polizist gefragt hatte. Über den Halter des Fahrzeugs hatte er erfahren, dass die Polizei einen gewissen Dimitri Oschkov verdächtigt, das Fahrzeug gestohlen zu haben.

In der Rundschau hatte er in den letzten Tagen über einen so genannten »Serien-Täter« gelesen, einen gewissen Dimitri O.

»Mutmaßlicher Fahrzeugdieb – möglicherweise derselbe Name – unfallbeteiligter BMW-Fahrer«, mit dieser Assoziationskette im Kopf hatte er weitergelesen. Und war wie elektrisiert gewesen, als am Ende des Artikels ein Statement des Anwaltes von Dimitri O. aus der Kanzlei Keller& Partner stand.

Keine Beweise waren das, mit denen Schreiner hätte zur Polizei gehen können. Nein, da musste er schon selbst aktiv werden.

Zweiundzwanzig

Frei saß in ihrem Büro, das, wie viele Büros von Computerfirmen, futuristisch eingerichtet war: aus Glas der Schreibtisch, aus Metall die puristisch gestylten Regale und aus schwarzem Leder die Sitzgelegenheiten. Es war außerhalb der Bürozeit, als er anrief.

Als sie im Display ihres Telefons sah, wer der Anrufer war, verspürte sie eine Sekunde lang Panik! Wie soll ich ihm nur sagen, dass ich auf das Angebot der Bank eingegangen bin?«

Sie schloss die Augen und überlegte einen Augenblick, welche Schwierigkeiten dieser Anruf bedeuten könnte, aber egal, sagte sie sich. Drückte den Knopf und säuselte:

»Hallo, Erich, schön von dir zu hören!«

»Bea, warum hast du dich denn in den letzten Tagen nicht gemeldet?«

Der Vorwurf in seiner Stimme war nicht zu überhören.

»Die Arbeit, mein Lieber, die Arbeit. Ich hatte einfach zu viel um die Ohren! Na ja, jetzt können wir ja sprechen.«

Heinle war perplex. Er spürte förmlich, dass sich zwischen ihnen etwas aufbaute, sich in ihrer Beziehung etwas verändert haben musste.

»Warum ich anrufe und was ich dich fragen wollte. Wie bist du eigentlich mit der Bank und Keller verblieben. Haben Sie dir ein Angebot gemacht? Wenn ja, würde ich es gerne sehen. Ich könnte dann versuchen, für meine

Mandanten auch eine außergerichtliche Lösung zu erreichen!«

»Erich«, Frei zögerte, weil sie nicht wusste, wie sie es erklären sollte. »Erich, mein Lieber, ich hab' mit der Bank einen Vorvertrag über eine außergerichtliche Lösung gemacht. Habe mich aber zu absoluten Stillschweigen verpflichtet!«

»Aber Bea, du kennst mich doch. Keiner würde jemals erfahren, dass ich diesen Vertrag gesehen habe«, sagte der Anwalt unwillig.

»Nein, Erich, jedem von uns Anlegern ist der eigene Vorteil, der eigene Ausstieg wichtiger, als eine Lösung für alle. Mir geht's wenigstens so! Hätte ich schon den endgültigen Vertrag unter Dach und Fach. Ja, dann wär's was anderes …, aber so. Nein, so leid es mir tut, diesen Vorvertrag kann und will ich dir nicht zeigen!«

Heinle verstand die Welt nicht mehr. Wie konnte die Frau, für die er über die geschäftliche Beziehung weit hinaus auch persönliche Zuneigung hatte, so kalt, so abweisend sein?

»Bea, das empfinde ich jetzt aber als ziemlich egoistisch!«

In dem Moment, als Heinle das sagte, spürte er, dass seine Worte vergeblich waren. Frei schwieg. Wieder Stille, die eine Ewigkeit zu dauern schien. Dann ergriff sie die Initiative:

»Erich, ich hab' noch zu tun. Wir können ja morgen nochmals ausführlich darüber sprechen. Ich ruf' dich gegen neun Uhr an, ja?«

Insgeheim dachte sie aber, dass sie ihren alten Grundsatz: Steig' aus, wenn du kannst!, der ihr im Leben schon so oft weitergeholfen hatte, wohl auch auf ihre Beziehung mit Heinle anwenden musste!

»Bea, selbst wenn ich die Informationen zu deinen Ausstieg nicht bekomme, werde ich für die vielen geprellten Anleger klagen, so oder so!«

Auf einmal hatte er wieder Elan. Woher der kam, wusste er nicht. Er wusste nur, dass er den Prozess auf alle Fälle durchziehen würde. Gegen jeden Widerstand. Er spürte unerwartet Kraft und einen Kampfeswillen, der ihn optimistisch machte.

Dreiundzwanzig

Lieber Erich, Geliebter, ich weiß nicht, wie ich es dir sagen soll? Aber es muss sein. Ich bin unendlich unglücklich darüber. Es tut mir unsagbar weh, dir diesen Brief zu schreiben.

Wie du in letzter Zeit sicherlich schon bemerkst hast, ließ ich mich am Telefon verleugnen. Der Grund: Ich will die Beziehung zu dir abbrechen, nach langem, innerem Kampf beenden. Es fällt mir nicht leicht. Das musst du mir glauben. Es ist für uns beide besser so. Weil es so schwierig für mich ist, mich von dir zu trennen, werde ich strikt darauf achten, nicht mehr mit dir zu sprechen, am Telefon nicht, auch nicht im persönlichen Gespräch. Mein Büro wird keine Anrufe mehr von dir durchstellen. Wir können uns nicht mehr treffen. Ich habe auch eine neue Handy-Nummer, die ich dir nicht geben will. Nicht weil ich dich nicht mehr liebe, sondern weil ich dich zu sehr liebe. Das »zu sehr« ist das fürchterlich Schreckliche. Ist das, was es verhindert, dass es mit uns noch etwas werden könnte. Du wirst mir nie der Mann sein, den ich brauche. Du wirst immer meine überbordende, mich selbstzerstörende Leidenschaft sein und bleiben. Darum muss es aus sein zwischen uns. Akzeptiere das bitte. Es tut mir unsagbar Leid, innigst Geliebter, aber es geht nicht anders, Leb' wohl, hab' vielen Dank für die Zeit, die wir beide miteinander verbringen konnten, Deine dich auf ewig liebende Bea

P.S.: Was ich dir bisher noch nicht gesagt hatte, ist, dass ich mit der Bank meinen Ausstieg aus dem Fonds zu folgenden Konditionen vereinbart habe: 105 % der Zeichnungssumme in eine festverzinsliche Anlage zu 4,5 %, bis die zehn Jahre Spekulationsfrist vorüber sind.

Ebenso solltest du wissen, dass ich ein Treffen mit Rattke aus der Kanzlei H.P. Keller & Partner hatte. Als ich Rattke fragte, ob er etwas über Haugs Autounfall wisse, schaute er ziemlich blöde aus der Wäsche. Rattke wollte mir keine direkte Antwort geben, aber alles was er sagte, deutete daraufhin, dass Keller und Rattke etwas mit Haugs Tod zu tun haben müssen. Bitte pass' auf dich auf!

»Frau Frei, die Kriminalpolizei ist hier und will Sie sprechen!«

»Haben die gesagt, was sie wollen?

»Nein. Der Kommissar Vollberg wollte Sie persönlich sprechen!«

»Okay, Frau Schramm, führen Sie ihn bitte rein!«

Frei stand auf, strich ihren Rock über die Knie und überlegte, was die Kripo von ihr wollte.

Kurze Zeit später stand ein kleiner, unscheinbarer Mann mit zerknittertem Hemd, ebensolcher Hose und ungeputzten Schuhen vor ihr. Auf Mitte fünfzig bis Anfang sechzig schätzte sie sein Alter. In seine Stirn hing ihm eine graue Haarsträhne, unter seinen Augen waren dunkle Ringe. Aber wache Augen hat er trotzdem, dachte Frei, als sie ihm lachend entgegentrat.

»Vollberg, Hauptkommissar, Stuttgarter Kriminalpolizei, Mordkommission!«, sagte die Person vor ihr mit unpersönlicher Stimme.

Frei wurde bleich. Ihr lachendes Gesicht erstarrte. War unfähig, mehr als ein gequältes Lächeln hervorzubringen. Sie sah den Kommissar fragend an.

»Frau Frei, wir haben einen Brief von Ihnen bei Herrn Rechtsanwalt Erich Heinle gefunden.«

»Wie bitte, Herr ....wie war Ihr Name noch mal? Und warum liest die Kripo meine Briefe?«, empörte sich Frei.

»Mein Name ist Vollberg. Ich möchte Ihnen nur ein paar Fragen stellen!«

»Herr Vollberg, ich wüsste nicht, warum ich Ihnen die beantworten sollte!«

»Frau Frei, sind Sie mit Herrn Heinle verlobt?«

»Nein, ... ja ... nein! Was heißt heute denn verlobt? Ich weiß es nicht. Hat es denn für irgendetwas Bedeutung?«

»Tja, Frau Frei, tja ....Es hätte schon ...«, antwortete der Kommissar.

»Herr Vollberg, sagen Sie mir jetzt bitte, warum es Bedeutung hätte?«

»Tja.« Vollberg zögerte bis er weiter sprach. »Wir wollten mit Ihnen Kontakt aufzunehmen, weil Erich Heinle gestern Morgen auf dem Gehweg vor seinem Haus tot aufgefunden wurde.«

»Nein, nein ... nein!«

Sie hatte schon einmal eine Todesnachricht bekommen. Damals bei ihrem Ehemann. Damals, da war das anders. Jetzt bekam sie kaum noch Luft. Als ob ihr Atem aussetzen würde. Ein stechender Schmerz durchzuckte ihren Körper. Augenblicklich begann ihr Puls zu rasen. Innerlich begann sie zu zittern, nach außen versteifte sich ihr Körper. Sie saß kerzengerade vor Vollberg, um den Druck, den sie in der Magengegend spürte, einigermaßen zu ertragen. Sie sagte kein Wort, ihr Kopf war leer. Blass war sie geworden. Mit unbewegtem Gesicht ließ sie ihn reden. Hörte nur noch am Rande zu. Unwirklich kam ihr die Situation vor, unfassbar. Ein Albtraum.

»Frau Frei …« Vollberg sah sie fragend an. »Geht es Ihnen nicht gut?«

Bäche von Tränen quollen jetzt aus ihren Augen. Sie fing an zu zittern.

»Herr Vollberg, sagen Sie, dass das nicht wahr ist, was Sie gesagt haben!«

Vollberg schüttelte müde seinen Kopf:

»Doch Frau Frei, so Leid es mir tut, es ist leider wahr!«

Die Tür ging auf und die Sekretärin kam mit einer Kanne Kaffee und zwei Tassen herein.

Überrascht über den Zustand ihrer Chefin fragte Schramm:

»Kann ich Ihnen irgendwie behilflich sein?«

»Nein, danke. Es geht schon wieder!«

Frei mühte sich ein klägliches Lächeln ab, goss ein und reichte ihm die Tasse.

»Das Wasser kommt gleich!«

Frei hatte sich wieder gefangen. Doch wer sie in ihren besten Zeiten gesehen hatte, würde sie kaum wieder erkennen. Ihre Gesichtszüge wirkten verzerrt, wie nach einem Marathonlauf. Ihre Augen zuckten unruhig, ihre Hände zitterten, wie bei einer Alkoholikerin.

»Wie ist es denn geschehen?«, fragte sie mit müder, deprimierter Stimme. »Wenn Sie von der Mordkommission sind, gehen Sie davon aus, dass er ermordet wurde?«

»Nein, bis jetzt steht noch nichts fest. Ob Mord oder Selbstmord. Zurzeit spricht einiges für Selbstmord.«

»Nein, Erich hätte nie! Das kann nicht wahr sein. Nein, das gibt es nicht!«

»Aber deshalb bin ich hier. Auf dem Schreibtisch in Herrn Heinles Wohnung fanden wir Ihren Brief. Daneben stand das Fenster offen!«

»Aber das heißt doch noch lange nicht, dass er Selbstmord begangen hat!«, erwiderte sie bitter.

»Nein, deshalb ermitteln wir ja! Auch interessiert uns, was Sie im Brief zu Frau Rechtsanwältin Haugs Tod geschrieben haben. Waren das mehr als Mutmaßungen?«

Frei schaute den Polizisten an, wirkte aber abwesend, so als ob sie mit ihren Gedanken ganz wo anders sei. Der Polizist räusperte sich, um ihre Aufmerksamkeit wieder auf das Gespräch zu lenken.

»Rattke, ein Mitarbeiter von Rechtsanwalt Keller, hat es mir gegenüber angedeutet, dass sein Chef und er etwas damit zu tun hätten!«, erwiderte Frei noch immer weit weg.

»Wie angedeutet?«

»Wie ich es sage!«, antwortete sie jetzt barsch.

»Können Sie mir in etwa den Wortlaut dieser Andeutung wiedergeben?«

»Nein, absolut nicht. Ich hatte damals bei einem Gespräch in Berlin eine provozierende Frage gestellt und er sagte in etwa, dass ich mich ja nur an die Rechtsanwältin Haug erinnern solle, wie die zu Tode gekommen ist!«

»Aus welchem Anlass war denn das Gespräch?«, fragte der Polizist.

»Ich wollte unbedingt aus dem Fonds rauskommen, bei dem ich investiert hatte!«

»Sind Sie mittlerweile raus?«

»Ja, aber das spielt jetzt auch keine Rolle mehr!«, antwortete sie mit Tränen in den Augen.

»Gut, Frau Frei, wir werden dieser Sache später nachgehen! Ich wüsste aber noch gerne etwas über den Brief an Herrn Heinle! Wir haben den Umschlag Ihres Briefes nicht mehr gefunden. Wann haben Sie ihn denn Herrn Heinle geschickt?«

Vollberg schrieb etwas in sein Notizbuch, das er auf seine Knie gelegt hatte.

»Tja, warten Sie, ungefähr vor einer Woche, glaube ich!«

»Können Sie nicht sagen, wann genau. Das wäre für uns ziemlich wichtig!«

Sie blätterte in ihrem Terminkalender, der vor ihr auf dem Schreibtisch lag.

»Hier habe ich einen Eintrag, dass ich den Brief an Herrn Heinle schicken wollte. Es war letzten Montag. Also vor vier Tagen!«

»Das war also der 29. November, ja?«, wiederholte Klaiber und notierte sich das Datum.

»Frau Frei, wann haben Sie denn mit Herrn Heinle das letzte Mal gesprochen?«

»Das weiß ich noch genau. Es war der 16. November gewesen!«

Der Kommissar fragte weiter: »Warum wissen Sie das denn noch so genau? Wenn ich fragen darf!«

»Weil ich an diesem Tag ein Projekt abgeschlossen hatte und Erich, ähm, Herr Heinle, fragte, ob wir uns abends in Stuttgart treffen könnten!«

»Haben Sie sich öfters abends in Stuttgart getroffen?«

»Manchmal ein- oder zweimal in der Woche!«, antwortete sie schon wieder tonlos.

»Wo haben Sie denn übernachtet, wenn Sie in Stuttgart Herrn Heinle besuchten. In seiner Wohnung?«

»Nein, ich habe mir jedes Mal ein Zimmer im Hotel Primetime genommen!

»Frau Frei«, Vollberg zögerte, »wenn ich Sie fragen dürfte, ähm … ähm, warum haben Sie denn die Beziehung zu Herrn Heinle beendet?«

»Nein«, Freis Stimme war etwas lauter geworden, ihre Augen zeigten Ablehnung, »nein, Herr Vollberg, mehr als in dem Brief steht möchte ich dazu nicht sagen!«

»Danke, Frau Frei, das war's!«, beendete Vollberg das Gespräch.

Er trank seinen Kaffee aus und wollte sich gerade verabschieden, als Frei ihn fragte:

»Herr Vollberg, ich weiß zwar nicht, was es zu bedeuten hat, wann ich meinen Brief an Herrn Heinle abgeschickt habe, aber ich hätte jetzt auch noch einige Fragen. Was spricht denn für Selbstmord? Ich vermute, sehr wenig. Ich sage Ihnen jetzt mal meine Meinung. Herr Heinle klagte für geschädigte Immobilienfonds-Anleger gegen die Securis-Bank-Holding in Berlin. Sie sollten dort nach den Gründen für seinen Tod suchen. Herr Vollberg, ich bin mir ziemlich sicher, dass Sie dort auch nach den Mördern suchen müssen!«

»Wir gehen allen Spuren nach, die es überhaupt gibt. Darauf können Sie sich verlassen! Falls wir Sie nochmals für eine Aussage brauchen, komme ich auf Sie zurück, ja? Ich gebe Ihnen meine Karte, falls Ihnen noch etwas Wichtiges einfällt oder Sie noch Fragen haben!« Vollberg stand auf und machte Anstalten zu gehen. Kurz vor der Tür fragte er:

»Frau Frei hatte Herr Heinle irgendwelche Feinde?«

Das war das Übliche bei solchen Ermittlungen. Wenn er aber gewusst hätte, was diese übliche Frage bei seiner Gesprächspartnerin bewirkt, hätte er sie vermutlich nicht gestellt.

Frei, die gerade noch in sich zusammen gesunken da saß, schnellte hoch, und sagte viel zu laut und aufgeregt:

»Aber sicher, Herr Vollberg, aber sicher hatte Erich, ich meine Herr Heinle, Feinde. Glauben Sie mir, die Verantwortlichen für seinen Tod sitzen in Berlin! Teilen Sie ihren Kollegen in Berlin mit, dass es Keller war. Ja, Rechtsanwalt Keller war es. Seine Kanzlei ist am Gendarmenmarkt in Berlin Mitte! Meine Sekretärin kann Ihnen Anschrift und Telefonnummer gegen! H.P. Keller.«

In einer nicht enden wollenden Wortkaskade schrie sie immer und wieder »H.P. Keller!«

»Bitte beruhigen Sie sich, Frau Frei. Wir werden der Sache nachgehen. Aber sagen Sie, haben Sie irgendwelche Beweise für Ihre Vermutungen, für Ihre Anschuldigungen? Wenn nicht, würde ich Ihnen raten, diese Behauptung nicht zu wiederholen. Sonst könnte es gut sein, dass Sie eine Verleumdungsklage an den Hals bekommen. Bitte verstehen Sie das als gut gemeinten Rat, Frau Frei!«

»H.P. Keller war's.«

»Bitte Frau Frei, das sind doch bloß Vermutungen!«

»Vermutungen, Vermutungen«, stammelte Frei geistesabwesend vor sich hin.

Vollberg stand jetzt an der Tür und verabschiedete sich. Frei nahm ihn nicht mehr wahr. Als er weg war, brach sie zusammen. Sie weinte hemmungslos. Es gab kein Halten mehr.

Vierundzwanzig

Draußen schneite es. Nasse, dicke Flocken fielen vom Himmel. Freiburg versank im Schneematsch. Und Frei trank schon die vierte Tasse Kaffee an diesem Nachmittag. Sie arbeitete bereits wieder in ihrem Büro. Es hatte nicht lange gedauert, gerade mal zweieinhalb Tage, bis sie sich von dem Schock über Heinles Tod erholt hatte. Bittere Wut und Zorn stiegen jetzt in ihr hoch. Kann denn Keller mit allen und jedem machen, was er will?, fragte sie sich. Wie konnte er so weit gehen, auch noch Erich umbringen zu lassen?

Ihre Art, sich nicht kampflos einer Sache auszuliefern, sondern dagegen anzugehen, meldete sich zurück. Dass Keller auch hinter dem Tod von Heinle steckte, das war für sie klar. Dem werde ich's zeigen, dachte sie. So einfach kommt der dieses Mal nicht davon. Ich hole mir gegen Keller Hilfe, professionelle Hilfe, nahm sie sich vor. Nicht bei der Polizei. Für die war es Selbstmord. Das war die bequemste Lösung. Keine langwierige Suche nach einem Mörder und vor allem keine Ermittlungen bei einem der einflussreichsten Männer von Berlin, dem heimlichen Strippenzieher: H.P. Keller.

Aus dem Branchenbuch suchte sie sich die Telefonnummer der Freiburger Privatdetektei: »Ehrlicher Investigations« heraus und vereinbarte für den Nachmittag um vierzehn Uhr dreißig einen Termin. Ein Herr Berthold wurde ihr avisiert.

Ungeduldig wartete sie auf Berthold, der um fünfzehn Uhr noch immer nicht erschienen war. Zehn Minuten später klopfte der Privatdetektiv an ihre Bürotür. Ziemlich abgehetzt trat er ein.

Frei hatte vom ersten Augenblick an das Gefühl, ihn zu kennen. Sein kantiges, etwas grobschlächtiges Gesicht war nicht gemacht, vergessen zu werden. Sie wusste allerdings nicht mehr woher. Sie suchte nach einem Anlass, einer Begegnung, einem Ort. Nein, ihr fiel nichts ein, womit sie ihn hätte in Verbindung bringen können. Fragend fixierte sie den Detektiv. Sein dunkelblauer Blazer und seine hellgraue Hose sollten Solidität anzeigen. Die grellgelbe Krawatte, insbesondere der protzig gebundene Knoten, waren genau um jene Nuancen daneben, die den Aufsteiger oder den Bürokraten vom soliden Geschäftsmann unterscheiden.

Das war ihr erster Eindruck.

»Entschuldigen Sie bitte die Verspätung, Frau Frei, aber das Sauwetter hat in der Stadt ein Verkehrschaos erzeugt. Ich bin auf der Schwarzwaldstraße mindestens zwanzig Minuten aufgehalten worden!«

Berthold warf durch die Augenwinkel einen kurzen, spähenden Blick ins Zimmer. Dann lächelte er Frei zu und fragte: »Was kann ich für Sie tun?«

»Mein Problem ist privater Natur. Es geht um einen Bekannten. Mir sind dabei die Hände gebunden. Gehören private Ermittlungen auch zu Ihrem Tätigkeitsfeld?«

Bertholds Gesicht wurde immer länger. Frei glaubte zu erkennen, dass ihr Gegenüber nicht gerade motiviert war, von dem was er hörte. Sagte aber nichts.

»Das ist mein Beruf, Frau Frei«, antwortete Berthold und quälte sich ein müdes Lächeln ab.

»Mein Bekannter wurde vor ungefähr einer Woche in Stuttgart tot aufgefunden. Die Polizei geht von Selbstmord aus. Ich glaube, es war Mord!«, sagte sie und fuhr sich mit der Hand durchs Haar, »finden Sie bitte für mich heraus, was meinem Bekannten zugestoßen ist!«

Bertholds Miene hellte sich schlagartig auf.

»Ich brauche gerichtsfeste Beweise, nichts anderes!«, erklärte Frei energisch und trank einen Schluck Kaffee.

»Ich kann Ihnen natürlich nichts versprechen. Aber zuerst bräuchte ich alle Einzelheiten zur Person Ihres Bekannten«, erwiderte der Detektiv geschäftig.

Sie schilderte ihm sämtliche Details über den Tod von Heinle, die sie wusste, und übergab ihm alle notwendigen Adressen. Ausdrücklich wies sie ihn auf die Namen Keller und Rattke hin. Sie gab ihm auch die Karte des Stuttgarter Polizisten, der bei ihr gewesen war.

»Ach der Kollege Vollberg«, sagte Berthold grinsend, »in meinem früheren Leben habe ich mit ihm zusammengearbeitet.«

»Sie waren bei der Kripo in Stuttgart?«, fragte Frei überrascht.

Sie war zufrieden, dass Berthold früher bei der Polizei gewesen war. Dann hat er wenigstens Erfahrungen über deren Arbeitsweise, dachte sie, sagte aber: »Herr Berthold, wann höre ich von Ihnen? Ich hoffe möglichst bald!«

»Spätestens in vierzehn Tagen treffen wir uns wieder, wenn es Ihnen recht ist. Ich werde Ihnen zuvor meinen Zwischenbericht faxen!«

»Gut, abgemacht. Bis dann, Herr Berthold. Viel Erfolg!«

Etwas umständlich packte der Detektiv seine Unterlagen zusammen. Bevor sie sich verabschiedeten, tauschten sie noch ihre Visitenkarten aus.

Es wurden zwei lange Wochen. Freis Stimmung schwankte zwischen Optimismus, dass Berthold den Mord beweisen könnte und dem Gegenteil.

Pünktlich vierzehn Tage später hielt sie den Zwischenbericht in den Händen, den das Fax ausgespuckt hatte:

Nachforschungen in Sachen Todesfall Rechtsanwalt Erich Heinle, Stuttgart:

Gegenstand: Klärung der Todesursache der oben genannten Person

Gesprächspartner/Datenquellen: Kriminalkommissar Vollberg, Rechtsanwalt Braun aus Kanzlei: Heinle & Partner, Nachbarn, Freunde und Verwandte von Rechtsanwalt Heinle, Wirtschaftsprüfer Rattke, Kanzlei Keller & Partner Berlin, Nachfolger Kanzlei Haug & Partner, Rechtsanwälte Kleinert und Schüssler, eigene Szenekontakte in Stuttgart/Berlin

Vorläufige Ergebnisse: Polizei hat verschiedene Merkwürdigkeiten beim Tod von Rechtsanwalt Heinle nicht weiter untersucht, der Todeszeitpunkt wurde nicht exakt bestimmt, unbekannte Hautteile unter den Fingernägeln von Heinle wurden nicht analysiert, letztem Handy-Gespräch mit Unbekanntem nicht nachgegangen, der Hintergrund einer in seinem Handy gefundene SMS mit dem Inhalt: *Warum sollte dich einer observieren?* wurde nicht näher recherchiert, kurz vor seinem Tod hatte

Heinle seiner Schwester eine SMS geschickt: *Freue mich auf das Treffen am Wochenende, wie vereinbart.* Staatsanwaltschaft hat sich vorzeitig auf Selbstmord festgelegt. In Berlin wird in der Szene gemunkelt, dass Heinle von einem Profikiller getötet wurde, durch die Kanzlei Keller & Partner oder Securis-Bank beauftragt. Habe heiße Spur, habe auszugsweise einen Telefonmitschnitt, der den Mordauftrag an Heinle belegen könnte. Für einen sechsstelligen Euro-Betrag, den der Informant verlangt, könnte ich diesen »Beweis« besorgen. **Gesamturteil**: zu wenig oder überhaupt keine Abklärung des Umfeldes durch Polizei und Staatsanwaltschaft, wesentlichen Spuren wurde nicht nachgegangen, sonstige Informationen bis jetzt ohne Beweisgrundlage. Nach Investition des sechsstelligen Betrages könnte die Situation anders aussehen, heiße Spur scheint viel versprechend. Würde empfehlen, hier weitere Nachforschungen anzustellen! P.S.: Die Prozesse der Fondsanleger wegen Prospekthaftung wird Rechtsanwalt Schüssler von der Kanzlei Haug & Partner weiterführen.

Enttäuscht legte Frei das Fax in die Ablage auf ihrem Schreibtisch. Ist es nicht häufig so im Leben, sinnierte sie, dass man sich abmüht, eine Lösung für ein Problem zu finden, aber im Stress das Naheliegendste übersieht? Die einfache Lösung, die Lösung direkt vor der Nase bleibt oftmals verborgen!

Bestürzt fragte sie sich, übersehe ich etwas Wesentliches?

Sie war sich bis heute sicher gewesen, immer eine Auswahl, immer mindestens eine Alternative gehabt zu haben. So oder so entscheiden zu können. Und, je mehr Wahlmöglichkeiten sie gesehen hatte, desto besser, desto unabhängiger hatte sie sich gefühlt. Dieser Optimismus erschien ihr momentan als Inbegriff von verblichenem Luxus. Ohne dass Frei es richtig wahrgenommen hatte, hatte sie ein Luxusleben gelebt. Aber damit war es nun vorbei. Das wurde ihr schlagartig klar. Mit diesen Ergebnissen konnte sie nichts anfangen. Da war kaum Verwertbares dabei. Und der Geldbetrag für die Beweise kam ihr ziemlich hoch vor, zumal es sich ihrer Meinung nach um »vage Andeutungen« aus dem Milieu handelte. Wer garantierte denn, dass dieser Mitschnitt nicht gefälscht war? Gerichtsverwertbar dürfte er in keinem Fall sein. Der Tod von Erich Heinle war ohnehin nicht mehr rückgängig zu machen. Und falls die Bank auch mit drin hing, hätte sie ein weiteres Problem gehabt. Gegen die Bank wollte sie nicht vorgehen. Schließlich wäre dadurch ihre Abfindung gefährdet gewesen. Alternativlos, wie sie sich fühlte, nahm sie sich vor, besser nicht zu viel Staub aufzuwirbeln. Denn sonst stünde sie am Ende vielleicht ohne alles da.

Fünfundzwanzig

»Wo ist denn der Rattke, Frau Höfer«, fragte Keller ungehalten.

»Der hat sich vorgestern krankgemeldet, Herr Keller! Wollen Sie seine Handy-Nummer?«

»Nein, aber erkundigen Sie sich bitte, wie lange er krankgeschrieben ist!«

Rattke war nicht ohne Grund zu Hause geblieben. Er wollte Zeit haben, um das »Problem Keller« zu lösen. Er war es leid, andauernd wie ein Sklave behandelt zu werden. Ich habe jetzt genug Dankbarkeit gezeigt, folgerte er, irgendwann muss auch mal Schluss sein. Wenn ich nur ganz kühl an die Sache rangehe, so war er sich sicher, dann kriege ich den Herrn klein, ganz schön klein.

Rattke rieb sich die Hände, freute sich. Mit dem angeheuerten Profikiller, der den Fall Heinle so grandios gelöst hatte, war er sich sicher, auch Keller zur Strecke zu bringen. Alleine die Vorfreude, machte ihn zuversichtlich, dass alles glatt laufen würde. Alleine der Gedanke, dass damit die fortwährende Unterdrückung, die Erniedrigungen und ewigen Demütigungen ein Ende hätten, stimmte ihn freudig. Ein dunkles Triumphgefühl machte sich in ihm breit. Die Rache, die er an Keller verüben wollte, erschien ihm süß. So süß, dass er sich wie benebelt, wie alkoholisiert fühlte. Sein Hass auf den erfolgreichen Strippenzieher sollte endlich seine Entladung finden. Dieser Hass, der ihn über die Jahre hinweg beinahe aufgefressen hatte. Vielleicht, so phantasierte Rattke, bekomme ich von den Erben oder den Nachfolgern auch einen besseren

Job angeboten. Schließlich bin ich dann noch der Einzige, der sich mit dem Fondsgeschäft auskennt. Er lächelte siegesgewiss in sich hinein. Im Geist spielte er schon einmal durch, welche Position für ihn angemessen schien. So etwas wie Abteilungsleiter. Mit eigener Personalverantwortlichkeit. Das müsste es mindestens sein. Und ein ordentlicher Dienstwagen, das musste dabei rausspringen. Ansonsten lohnt es sich nicht!

Zur gleichen Zeit lauerte Hartmut Schreiner, wie schon seit vierzehn Tagen, am Gendarmenmarkt und notierte sich Ankunfts- und Abfahrtszeiten von Keller. Beobachtete die Zufahrt zur Tiefgarage von Kellers Bürohaus. Das muss alles sehr gewissenhaft gemacht werden, sagte er sich. Vor allem darf nichts schief gehen. Das könnte ich mir wegen Sibylle nie verzeihen. Zu Hause in seinem Kalender war der 20. Dezember, ein Montag, als der Tag der Tat dick angestrichen. Montagmorgens ging der Trubel auf dem Platz immer erst eine halbe Stunde später los als an den anderen Tagen. Keller kam aber, einem Uhrwerk gleich, jeden Tag um neun Uhr zehn auf den Platz gefahren. In der engen Einfahrt zur Tiefgarage wollte Schreiner zuschlagen. Dort hatte er herausgefunden, muss Keller kurz anhalten, muss seine Chipkarte in den Kartenleser stecken. Und dort war ein Mauervorsprung, hinter dem er sich verstecken konnte. Es war eine ideale Stelle, um ihm unauffällig nahe zu kommen. Nur zwei, drei Schritte und er stand am Wagen. Genau in dem Moment, indem Keller seine Scheibe offen hatte und sich mit der Chipkarte Einlass verschaffte. In diesem Augenblick wollte er ihn abknallen. Bruchteile von Sekunden würde der

Vorgang dauern und der ganze Spuk wäre vorbei. Ruhig würde er die Auffahrt hochgehen. Ebenso ruhig würde er zur U-Bahn-Station Stadtmitte laufen und nach Hause fahren. Ausgeschlossen war, dass ein zweiter Wagen in die Tiefgarage fahren könnte. Die Ampelanlage an der Einfahrt regelte, dass sich jeweils nur ein Fahrzeug im Einfahrtsbereich befand. Videoüberwachung gab es nicht. Am Bahnhof Zoo hatte er sich eine russische Makarov Pistole mit integriertem Zweikammer-Schalldämpfer besorgt, Schießübungen in einem Wäldchen nahe Königs-Wusterhausen gemacht.

Artikel in der Berliner Rundschau vom 21. Dezember 2004:

Die »graue Eminenz« aus Berlin, Rechtsanwalt H.P. Keller, ermordet!
Gestern wurde der stadtbekannte Rechtsanwalt in der Zufahrt zu seiner Tiefgarage in Berlin Mitte erschossen. Vom Täter fehlt jede Spur. Die Mordkommission IV ermittelt. Auch der Staatsschutz ist in die Untersuchung einbezogen. Einen politischen Hintergrund wollen die Verantwortlichen nicht ausschließen. Polizei tappt noch im Dunkeln. Auf einer Pressekonferenz am Mittwoch, den 22. Dezember, will die Polizei Näheres zum Tathergang bekannt geben.